夢とき師ファナ

黄泉《よみ》の国の腕輪《うでわ》

小森香折 作

問七・うぐいす祥子 絵

偕成社

目次

装丁　中嶋香織
装画　問七
本文挿絵　うぐいす祥子

夢とき師ファナ

〜黄泉《よみ》の国の腕輪《うでわ》〜

夢《ゆめ》は見るものではなく、さずかるもの。

大陸《たいりく》の東の果《は》て、メッシナ王国では、そう信《しん》じられていた。

夢をさずけてくれるのは七色の羽をもつ女神《めがみ》、アラリム＝カー。メッシナ王国のひとびとにとって、夢は神《かみ》のお告《つ》げにひとしかった。

ほかの国々で占星術師《せんせいじゅつし》が高い地位《ちい》についていたように、メッシナ王国では夢《ゆめ》とき師《し》が尊敬《そんけい》を集めていた。夢とき師がいなければ、せっかくさずかった夢の意味を知ることができないからだ。国王でさえ、おかかえの夢とき師を頼《たよ》り、その意見に耳をかたむけた。

ときは、アッシャー王の御代《みよ》。王都《おうと》から遠くはなれた農村《のうそん》に、夢とき師になりたいと願《ねが》う少女がいた。

名をファナという。

ファナは、はぐれた小熊《こぐま》が母熊《ははぐま》をもとめるひたむきさで、夢とき師になることを望《のぞ》んでいた。願《ねが》いをかなえてやるから火《ひ》の輪《わ》をくぐれといわれたら、すぐさま飛《と》びこみかねなかった。そういう、無鉄砲《むてっぽう》なところがある娘《むすめ》なのだ。

ただし、ひとつやっかいな問題《もんだい》があった。

夢《ゆめ》とき師《し》は、なりたいからといって、なれるものではない。アラリム＝カーご自身《じしん》が夢にあらわれ、「ラルーサに行き、夢とき師になりなさい」と命《めい》じてくれなければ、なることができないのだ。ラルーサは夢都《むと》とよばれる聖地《せいち》で、夢とき師たちの修行《しゅぎょう》の場でもあった。

アラリム＝カーが出てくる夢は霊夢《れいむ》とよばれ、夢のなかでも、とくに神聖《しんせい》なものとされている。そこでファナは毎晩熱心《まいばんねっしん》に祈《いの》りをささげ、霊夢が見られるおまじないがあるときけば、あらゆるものをためした。

その効果《こうか》があったのかどうか、ファナはその夜、訪《おとず》れたことのないラルーサの夢を見ていた。

目に入る建物《たてもの》はみな、瑠璃色《るりいろ》の光をはなっている。宝石《ほうせき》のような青いモザイクが、びっしりと埋《う》めこまれているのだ。

ファナは眠《ねむ》りのなかで、予感《よかん》にふるえた。

こんどこそ、とうとう、霊夢《れいむ》が見られる！

白いスカーフをまいたひとびとが、参道《さんどう》をゆきかっていた。参道には屋台《やたい》がならび、白い杖《つえ》をついた老婆《ろうば》が道ばたで休んでいる。坂道《さかみち》の上には、アラリム＝カーの神殿《しんでん》がそびえているはずだ。ファナは喜《よろこ》びに胸《むね》を高鳴《たかな》らせ、飛《と》ぶように坂道をのぼっていった。

1
タジ村

ファナは、風の音に目をさました。

屋根裏部屋《やねうらべや》には、まぶしい光がさしこんでいる。ここは、タジ村にあるファナの家。いつもと、なにも変《か》わらない朝。

アラリム＝カーは、けっきょく夢《ゆめ》に出てきてはくれなかった。がっかりしたファナは、枕《まくら》の下から、祖母《そぼ》の形見《かたみ》の白いスカーフをとりだした。

（おばあちゃんは、あきらめちゃいけないっていった。でもあたしはいつになったら、霊夢《れいむ》を見られるんだろう。）

ラルーサに行って、夢《ゆめ》とき師《し》になる。ファナがそう決めたのは、まだ七つのころ。おばあちゃんから、はじめて夢《ゆめ》とき師《し》の話をきいたときだ。なのに十五歳《さい》になっても、その願《ねが》いはかなわない。

ファナは霊夢《れいむ》を見るどころか、じっさいに見たひとに会ったこともなかった。一生《いっしょう》、見ないで終《お》わるひとのほうが多いのだ。

(あたしも、そういう人間のひとりなの？　そんなこと、耐《た》えられない。)

ファナがスカーフに顔をうずめていると、階下《かいか》から母親のよぶ声がした。

「ファナ、いつまで寝《ね》ているの！　いいかげんに起きなさい！」

ファナはしかたなくベッドを出た。洗《あら》いざらした麻《あさ》の服に着がえて、鏡《かがみ》をのぞく。

太くてかたい、まっすぐな黒髪《くろかみ》。あさぐろい肌《はだ》に、くっきりしたまゆ。きかん気《き》そうにくちびるをむすんだ少女の顔がうつっている。

(もう子どもじゃないけど、まだ大人《おとな》でもないわね、あなた。)

ファナはあごをそらすと、白いスカーフを首にまき、ぱたぱたと階段《かいだん》をおりた。

「ねぼすけファナ、ねぼすけファナ。」

弟のベンがこぶしでテーブルをたたき、足をばたつかせている。

「母さん、おはよう。ベン、うるさい。」

「お皿《さら》をならべとくれ。じきに父さんたちが、もどってくるよ。」

母親は太い腕《うで》で、鍋《なべ》の卵《たまご》をかきまぜていた。五つ年下のベンが、ファナを見てまゆをしかめる。

「なんで、白いスカーフなんかしてるのさ。」

ファナがいいかえそうとすると、ばたんとドアがひらいて、父親と兄が梨畑《なしばたけ》から帰ってきた。

白髪《しらが》まじりの口ひげがりっぱな父親は、無口《むくち》で気《き》むずかしいところがある。ファナよりみっつ年上の兄ハマムは体格《たいかく》もよく、すっかり一人前のつもりでいた。今年《ことし》は天候《てんこう》がいいので、ふたりの顔は満足《まんぞく》げに光っている。

「ああ、腹《はら》がへった！」

ハマムはどすんと、父親は腰《こし》をかばうようにすわりこんだ。

「白いスカーフをまくのは、夢都《むと》に行くしるしでしょ。」

ファナは平《ひら》たいパンをくばりながら声をはりあげた。弟にというより、家族みんなにきいてほしかったのだ。

「おばあちゃんはラルーサに行くつもりで、このスカーフを用意してたのよ。だけど行くことができなかったから、あたしがかわりに行くべきだと思うの。そうすれば、おばあちゃんだって喜《よろこ》んでくれるわ。」

「おばあちゃんのためみたいにいうのは、ずるいや。夢都《むと》に行きたいのはファナのくせに。」

「おだまり、ベン。」

「夢都なんて、年寄《としよ》りの行くところさ。おれたちは遊んでるひまなんぞないからな。」

ハマムが野太《のぶと》い声でいった。父親はなにもいわず、とき卵《たまご》をパンですくっている。

「ハマムのいうとおりだよ。」

長男びいきの母親が口をはさむ。

「働《はたら》きづめだったひとは、夢都に気晴《きば》らしに行くのもいいさ。病気《びょうき》や心配《しんぱい》ごとがあるんなら、アラリム＝カーに夢《ゆめ》をさずかればいい。なんの悩《なや》みもないおまえが、なにをしにラルーサに行くんだい。」

「あたしに悩《なや》みがないって、どうしてわかるの？」

「姉ちゃんの悩みは、霊夢《れいむ》が見られないってことだろ。」

ベンが、にやにや笑《わら》う。

「姉ちゃんが夢《ゆめ》とき師《し》になれるんなら、ぼくだって騎士《きし》になれるさ。」

「いったわね！　なによ、ベンなんか……。」

母親が、ファナをじろりと見た。

「いつまでも、夢みたいなことをいうんじゃないよ。マヤは十六で嫁《よめ》に行ったってのに。」

「あたしは姉さんとはちがうもの。となり村じゃ、十二の子がひとりで夢都《むと》に行ったんだって。」

「あれはね、片腕《かたうで》をなくした子だよ。なんの罪《つみ》もないのに災難《さいなん》にあったんだから、いい夢をさずかる資格《しかく》があるってもんさ。遊び半分で夢都に行くのは、金のある連中《れんちゅう》がするこった。」

「遊び半分じゃないわ。あたしはこの家のだれより、夢を真剣《しんけん》に考えてるのに。」

「気をもむこたぁない。夢《ゆめ》とき師《し》になる運命《うんめい》なら、そのうちアラリム＝カーさまがあらわれてくださるさ。」

そういった父親のまなざしはあたたかかったが、ファナはそれに気づかなかった。

（いやになっちゃう。だれも、あたしの話をまともにきいてくれないんだから！）

ファナは、むしゃくしゃしてパンをちぎった。

（父さんと兄さんは梨《なし》しか頭にないし、母さんが好《す》きなのは、ご近所のうわさ話。友だちは男の子のことばかりしゃべってる。あたしは、ありふれたことなんか興味《きょうみ》ない。なにか、特別《とくべつ》なものになりたいの。名前だって、ファナなんて平凡《へいぼん》で退屈《たいくつ》。昔話《むかしばなし》のお姫《ひめ》さまみたいな名前ならよかったのに。）

食事の後かたづけと洗濯《せんたく》が終《お》わると、ファナは市場《いちば》へおつかいに出された。

「白いスカーフをしたまま、外に出るんじゃないよ。」

母親にそういわれても、ファナは意地《いじ》になってスカーフをとらなかった。

つるで編《あ》んだ籠《かご》を手に、ファナは汗《あせ》をかきながら丘《おか》をのぼった。ふりむけばいちめんに梨畑《なしばたけ》がひろがり、遠くの山は青くかすんでいる。ときは五月。梨の木は白く可憐《かれん》な花をつけ、まるで白い雲《くも》をまとっているようだ。

それは美しい風景《ふうけい》だったが、ファナはわたり鳥が遠い湖《みずうみ》を焦《こ》がれるように、夢都《むと》ラルーサに思いをはせていた。山のむこうにはリヤ川が流れ、夢都はそのはるか上流《じょうりゅう》にあるはずだ。

見えるはずのない瑠璃色《るりいろ》の街《まち》をもとめ、ファナはのびあがって目をこらした。

(あたし、きっとラルーサに行くわ。そして夢《ゆめ》とき師《し》になって、どんな夢でもときあかしてみせる。)

ファナはまた歩きはじめた。丘《おか》の上にはアラリム＝カーの小さな祠《ほこら》がある。祠の女神像《めがみぞう》は長いこと風雨《ふうう》にさらされたせいで、ずいぶんと傷《いた》んでいた。右の羽は欠《か》けているし、卵形《たまごがた》の顔も、のっぺらぼうだ。

ファナは祖母《そぼ》がそうしていたように、手をあわせて祈《いの》りをささげた。

(アラリム＝カーさま、どうかあたしに霊夢《れいむ》をさずけてください。)

ファナが祈りおわると、林の奥《おく》から中年の女が出てきた。色あせた紫色《むらさきいろ》の服を着て、花束《はなたば》を手にしている。

丘《おか》の小屋《こや》でひとり暮《ぐ》らしをしている、アマンさんだ。アマンさんはファナに気がつくと、はっとして立ちどまった。

2

アマンさんの頼《たの》み

アマンさんは、ファナの白いスカーフをじっと見つめている。

ファナは、あわてて手をふった。

「あっ、ちがうの。いまからラルーサに行くわけじゃないんだけど。これ、おばあちゃんの形見《かたみ》で。」

「ファナちゃんだったのね。」

アマンさんが、ぽつりといった。

「え？」

「おばあさまには、ほんとうにお世話《せわ》になったわ。お葬式《そうしき》のときは、すぐに失礼《しつれい》してごめんなさい。」

アマンさんはほそい背《せ》をかがめて、アラリム＝カーの祠《ほこら》に花束《はなたば》をささげた。両手をあわせ、目をつむって祈《いの》っている。

アマンさんは、一年まえにタジ村に越《こ》してきたひとだった。故郷《こきょう》の村で洪水《こうずい》にあい、家族も家もなくしたそうだ。いまはミツバチの蜜《みつ》を売って、なんとか暮《く》らしをたてている。

「昔《むかし》のことを、あれこれきいちゃいけないよ。アマンさんは、つらい思いをしてきたんだからね。」

ファナの祖母《そぼ》はそういって、アマンさんの世話《せわ》を焼《や》いていた。ファナも、やさしいアマンさんが大好《だいす》きだった。母親より年上なのに、アマンさんには小鳥を思わせるところがある。近づけば、ぱっと逃《に》げてしまう小鳥。

アマンさんはお祈りを終《お》えても、思いつめた顔ですわりこんでいた。

「あたし、これから市場《いちば》に行くの。なにかいるものがあれば、ついでに買ってくるけど。」

ファナがそういうと、アマンさんは、ようやく顔をあげた。

「ああ、ありがとう。いるものはないわ。でも帰りに、わたしのところによってくれるかしら。おりいって頼《たの》みたいことがあるの。」

「じゃあ、先に市場《いちば》へ行ってくる。」

(あたしに頼みなんて、なんだろう?)

ファナはスカーフをはずして、丘《おか》をかけおりた。

市場は週に三日、村の広場でひらかれる。梨《なし》の収穫期《しゅうかくき》をのぞけばのんびりしたもので、野菜《やさい》や豆《まめ》を売る村人たちが、おしゃべりをかわす場だ。

けれどきょうは、泉《いずみ》の前にひとだかりができていた。「早耳《はやみみ》」とよばれる男が、巻物《まきもの》を広げているのだ。なにか、めずらしい知らせがあるらしい。ファナはさっそく、人垣《ひとがき》にわりこんだ。

巻物には、アッシャー王とロザリン妃《ひ》の肖像画《しょうぞうが》が描《えが》かれていた。

メッシナ王国の若《わか》い王は、二十二歳《さい》。背《せ》はあまり高くないが、男らしい、くっきりした顔立《かおだ》ちの好男子《こうだんし》である。ぽっちゃりしたロザリン妃は二十歳になったばかりで、美人とはいえないが、ウサギのように愛《あい》らしい瞳《ひとみ》の持《も》ち主《ぬし》だ。

「おめでたね！」

絵にコウノトリがいるのを見て、ファナは声をあげた。早耳《はやみみ》は得意《とくい》げに、大きな耳をひくつかせた
「そのとおり！　王さまはヒマワリ畑から陽《ひ》がのぼる夢《ゆめ》を見られた。夢《ゆめ》とき師《し》のイソキナさまによれば、それは王子さまがお生まれになるという意味だ。夢ときどおり、王妃《おうひ》さまはめでたくご懐妊《かいにん》あそばされたのさ！」

喜《よろこ》ばしい知らせに、歓声《かんせい》があがった。メッシナ王国に、待望《たいぼう》の世継《よつ》ぎが生まれるのだ！

「王子さまのご誕生《たんじょう》となれば、村でも祝《いわ》いの席《せき》をもうけねばなるまいて。」

村人がはやしたてると、そこにいた村長もうなずいた。

「もちろんだとも。にしても、王都《おうと》のひとがうらやましいのう。王子さまのご誕生となれば、祝《いわ》い酒《ざけ》のふるまいもあろうし、王宮《おうきゅう》の庭にも入れるはずじゃ。イソキナさまがこの絵の半分も美人なら、ぜひともおがみたいもんじゃて。」

王と王妃がならぶ絵の下には、イソキナの肖像《しょうぞう》もそえられていた。すらりとした金髪《きんぱつ》

の美女《びじょ》。ひたいには、王の夢《ゆめ》とき師《し》をしめす瑠璃色《るりいろ》の飾《かざ》りをつけている。三十はこえているはずだが、その姿《すがた》は若々《わかわか》しく魅力《みりょく》にあふれていた。

(なんてきれいなんだろう! 王さまにつかえる夢とき師は、やっぱりちがうなあ。)

あこがれと「いつかあたしも」とあせる気持ちで、胸《むね》がきゅんとなる。

市場《いちば》は気の早いお祝《いわ》いムードにつつまれ、ファナも、たっぷりおまけしてもらった。

足どりもかるく丘《おか》にもどったファナは、アマンさんの家に立ちよった。

木組《きぐ》みの小屋《こや》は、もともと打《う》ち捨《す》てられていたものだ。村人が手伝《てつだ》って手直《てなお》ししたのだが、すっきりとかたづいているので、そまつでもすがすがしい。窓《まど》からのぞく新緑《しんりょく》が、壁《かべ》を飾《かざ》る絵のようだ。

「アマンさん、あたし、早耳《はやみみ》からいいことをきいてきたの!」

「まあ、なあに?」

「もうすぐ王子さまがお生まれになるのよ! 王さまは、ヒマワリ畑に陽《ひ》がのぼる夢《ゆめ》を見たんですって!」

「ヒマワリ畑?」

アマンさんは小首《こくび》をかしげたが、すぐにしみじみとした顔つきになった。

「なんて、おめでたいことでしょう。王さまが、どんなにお喜《よろこ》びか。」

アマンさんがいれてくれた蜂蜜茶《はちみつちゃ》を、ファナはごくりと飲みほした。

「おいしい！　あたし、ここでお茶を飲むたんびに思うの。夢都《むと》の蜂蜜茶は、こんな味じゃないかなって。」

「さあ、それはどうかしら。」

「あたしはぜったい、夢都に行って夢《ゆめ》とき師《し》になりたいの。なのにうちの家族は、はなからむりだと思ってるのよ。」

顔をしかめていると、ふと名案《めいあん》がうかんだ。

「そうだ！　いっそのことアラリム＝カーが夢に出てきて、『夢都に行け』っていわれたってことにしようかな。そしたら文句《もんく》をいわれずに、ラルーサに行けるでしょ。」

「だめよっ！」

アマンさんが血相《けっそう》を変《か》えたので、ファナはおどろいた。アマンさんが声をあらげたことなど、これまで一度もなかったのだ。

「霊夢《れいむ》を見たなんて嘘《うそ》は、ぜったいについちゃいけないわ。いつわりの霊夢を語るものは、アラリム＝カーではなく、マグレブにつかえることになるのよ。たとえ冗談《じょうだん》でも、そんなことを口にしないで！」

マグレブはヤギの角《つの》をもち、するどい牙《きば》とコウモリの翼《つばさ》をもつといわれる悪魔《あくま》だ。こわいもの知らずのファナでも、マグレブの名をきくとおびえてしまう。

青くなったファナを見て、アマンさんは口調《くちょう》を変《か》えた。

「おどかすわけじゃないの。ただね、霊夢《れいむ》のことで嘘《うそ》をつくのは、絶対《ぜったい》にやめてほしいのよ。」

ファナはこくんと、うなずいた。

「きつい言い方をして、ごめんなさいね。もう一ぱい蜂蜜茶《はちみつちゃ》をどう？」

「それよりアマンさん、あたしに頼《たの》みごとって？」

アマンさんはためらうように、あれた手をこすった。

「わたしがどうしてこの村にきたか、わけを話したわよね。」

「洪水《こうずい》のせいでしょう？　早耳《はやみみ》も前にいってた。家や家族をなくしたひとが、いっぱいいるって。」

「でもわたしは、ほんとうは洪水《こうずい》にあってないの。この村にきたのは、霊夢《れいむ》をさずかったからなのよ。」

霊夢ときいて、ファナは耳をうたがった。

「ここにくる前も、わたしはあちこちを転々《てんてん》としていたわ。そして一年前に見た夢《ゆめ》に、アラリム＝カーが出ていらしたの。タジ村に行き、祠《ほこら》のある丘《おか》に住むようにいわれたわ。そうすれば祠の前で、白いスカーフをつけた人間に会うからと。」

(白いスカーフって……。)

「わたしはそのひとに、これを託《たく》すように命《めい》じられた。」

アマンさんは絹《きぬ》の袋《ふくろ》をとりだした。そこから出てきたのは金色《きんいろ》の腕輪《うでわ》だった。

完全《かんぜん》な輪《わ》ではなく、腕にはめこむもので、両はしにヘビの頭がついている。むかいあうヘビの眼《め》は群青色《ぐんじょういろ》で、見るからに細工《さいく》がいい。

「ファナちゃん。ラルーサに行って、これをシバハーンというひとにわたしてちょうだい。」

アマンさんはファナに腕輪《うでわ》をさしだした。あまりおどろいたので、ファナはすぐには声も出なかった。

「どういうこと？　あたしが、霊夢《れいむ》のお告《つ》げに出てきたひとだっていうの？　でもあたし、白いスカーフをしてたのは偶然《ぐうぜん》で……。」

「霊夢に偶然はないのよ。」

アマンさんは、きっぱりといった。

「さっき祠《ほこら》の前で会うまで、それがファナちゃんだとは思いもしなかったわ。てっきり、ラルーサへ行く旅人だと。」

「だけどあの、いったでしょう。あたし、とうぶんラルーサには行けそうもないの。」

「あなたはかならず、ラルーサに行くでしょう。」

アマンさんの声には、予言《よげん》めいたひびきがあった。

「守ってほしいことがふたつあるわ。ひとつは、腕輪をけっしてはめないこと。もうひとつは、シバハーン以外《いがい》のひとに、腕輪の話をしないこと。さあ、カーの誓《ちか》いをたててちょうだい。」

アマンさんは射《い》るような目でファナを見た。

ファナは右手の人さし指と中指をかさねてみせた。「カーの誓《ちか》い」は、神聖《しんせい》な約束《やくそく》をしめすしぐさだ。誓いをやぶれば、マグレブに食《く》われてしまう。

アマンさんはうなずいて、腕輪《うでわ》をわたした。腕輪にふれたとたん、ファナは全身《ぜんしん》がおののいた。

(あたしが、このあたしが、霊夢《れいむ》で告《つ》げられた役目《やくめ》を果《は》たすっていうの?)

それこそファナがずっと望《のぞ》んでいた、特別《とくべつ》なことだ。なのに、いざ夢《ゆめ》がかなってみると、感じたのは喜《よろこ》びよりもおそれだった。

「あたし、わからない。シバハーンって、いったいどんなひと?」

「七十をすぎたご老人《ろうじん》よ。でも、あれほどりっぱなひとはいない。」

「アマンさんの知り合い?」

「言葉にはつくせないほどの恩《おん》をうけたわ。」

「だったら、アマンさんもいっしょにラルーサに行かない?」

「わたしは行けないのよ。」

アマンさんは、ほほえんだ。
それはおだやかなのに、どこかぞくりとするような微笑《びしょう》だった。

3

悪夢《あくむ》

長い腕《うで》のように枝《えだ》をからませ、くろぐろとした梨《なし》の木がファナを見おろしている。

高い空は、あざやかな青。

（空は昼なのに、畑は夜なんだ。）

梨の木のあいだを、光の尾《お》をひいて何十ぴきもの蝶《ちょう》が飛《と》んでいた。青、黄、白、オレンジ。蝶の羽はぼうっと光り、まるでランタンのようだ。

見とれているファナのほうへ、紫《むらさき》の蝶が飛んできた。

（きれい。）

ファナは蝶にむかって手をのばした。すると紫の蝶はとつぜん炎《ほのお》につつまれ、力つきて地面に落ちた。

　ぼうぜんとするファナのまわりで、蝶《ちょう》たちがつぎつぎに燃《も》えはじめた。蝶たちはもがきながら、くるったように飛《と》びまわっている。


「いやっ！」

　ファナはびくっとして、目をあけた。

　自分の部屋《へや》の天井《てんじょう》が見えた。ファナは、じっとりと汗《あせ》をかいていた。

（夢《ゆめ》だ。なんて、いやな夢！）

　気がつけば、のどがからからだ。水を飲もうと起きだしたファナは、焦《こ》げくさいにおいに気づいた。

（蝶が燃えている？）

　まだわるい夢がつづいているのかと、ファナはぞっとした。けれどやはり、煙《けむり》のにおいがする。

（どこから？）

窓《まど》の外をのぞいたファナは、丘《おか》の上が明るく光っているのに気づいた。

太陽《たいよう》の光ではない。

あれは炎《ほのお》だ！

（燃《も》えてる！　火事《かじ》だ！　あれってアマンさんの小屋《こや》じゃ……。）

ファナはあわてて部屋《へや》を出て、両親の寝室《しんしつ》に飛《と》びこんだ。

「父さん、母さん、たいへん！　丘の上が燃えてる！」

らんぼうにゆさぶると、父親は目をこすって身を起こした。

それを見とどけたファナは、「火事よ！」とさけびながら家を飛びだした。丘の上をめざして、いっしんに走る。

ファナのおそれていたとおりだった。炎にくるまれていたのはアマンさんの小屋だ。

（アマンさん！）

ぱちぱちと炎がはじけて、夜空をぶきみに照《て》らしている。煙《けむり》のにおいはどんどん強くなって、むせかえるほどだ。小屋の屋根《やね》がどうっとくずれるのを見て、ファナは息が止まりそうになった。

よろよろとあとずさったファナは、切《き》り株《かぶ》につまずいてたおれた。

（いたたっ。くじいた？）

うずくまって足をさすっていると、ひひんという鳴き声がした。馬に乗った男が三人、小屋《こや》のほうからやってくる。

炎《ほのお》を背《せ》にした男たちのシルエットは、ひどくまがまがしいものだった。血《ち》のように赤い甲冑《かっちゅう》が炎に照《て》らされ、ちらちらと闇《やみ》にうかぶ。

「しぶとい女でしたな！」

「リヤ川にすてたという話は、まことでしょうか？」

若《わか》い男たちの声がした。

「出まかせだろうが、あれ以上《いじょう》は責《せ》めようもないこと。」

年かさの男の声がした。ファナをぞっとさせたのは、その愉《たの》しげな口調《くちょう》だった。

「女はもう、黒焦《くろこ》げになっていよう。村人たちがくる。引きあげるぞ。」

馬たちが走りさる音をききながら、ファナはしびれたように動けなかった。

女はもう、黒焦げになっていよう。

男たちが話していたのは、アマンさんのことにちがいない。けれどファナは、それを信《しん》じたくなかった。どうしてそんなおそろしいことが、アマンさんの身《み》に起きるだろう。

(夢《ゆめ》だ。これはわるい夢なんだ。)

村のひとびとが声をあげて丘《おか》にのぼってきても、ファナはうずくまったまま、夢がさめることを願《ねが》いつづけた。けれど悪夢《あくむ》は、いっこうに終《お》わる気配《けはい》がない。

ファナは、アマンさんからあずかったものを思いだした。

(リヤ川にすてたっていうのは、きっと腕輪《うでわ》のことだ。あの男たちは腕輪をさがしにきて、アマンさんを殺《ころ》したにちがいない。あたしが持っていると知ったら、あの男たちはもどってきて、家族をみな殺しにするだろう。家も、アマンさんの小屋《こや》のように燃《も》やされて……。)

ファナの頭に、炎《ほのお》にまかれて逃《に》げまどう家族の姿《すがた》がうかんだ。

しゃがみこんでいる場合ではなかった。ファナは自分をふるいたたせ、足をひきずるようにして家へもどった。消火《しょうか》に必死《ひっし》のひとびとは、ファナのことなど目にとめなかった。

部屋《へや》に帰ったファナは、よく考えるひまもなく、背負《せお》い袋《ぶくろ》に荷物をつめた。お金はあまりないが、どうにかするしかない。

災《わざわ》いのもとになった腕輪《うでわ》は、ひきだしの奥《おく》にしまってあった。とりだしてみると、腕輪は金色に光り、ヘビはさかしげな目でファナを見つめている。

（いったいこれに、どんな秘密《ひみつ》があるんだろう？）

ファナは腕輪を袋《ふくろ》の底《そこ》にしまいこんだ。お守《まも》りがわりに、おばあちゃんの白いスカーフを首にまく。

（ずっとラルーサに行きたかった。でもまさか、こんなふうに旅立つことになるなんて。）

だれにもいわないとカーの誓《ちか》いをたてた以上《いじょう》、家族になにも告《つ》げずに行くしかない。頼《たの》みの綱《つな》は、シバハーンだけだ。

（アマンさんが、りっぱなひとだっていってたもの。シバハーンに会えば、どうしたらいいか、きっと教えてくれる。）

ファナは階段《かいだん》をかけおり、涙《なみだ》をぬぐって家を出た。

一路《いちろ》、ラルーサをめざして。

4

吉《き》夢《む》号《ごう》

リヤ川の下流《かりゅう》に、バンヤンという街《まち》がある。

王都《おうと》ミネヴァを知るひとには、とりたてて見どころのない田舎町《いなかまち》だ。けれどファナにとって、バンヤンは知っているただひとつの「街」であり、世界《せかい》のはずれだった。それより遠くへは、足をふみいれたことがない。

タジ村よりずっと大きな広場は、ロザリン王妃《おうひ》のご懐妊《かいにん》を祝《しゅく》して、花や肖像画《しょうぞうが》が飾《かざ》られていた。広場から見えるリヤ川は青く、川面《かわも》はなめらかにかがやいている。

ファナは川べりにおりて、舟《ふな》つき場《ば》に近づいた。白いスカーフをまいたひとびとが「吉夢号《きちむごう》」という船《ふね》の前に集まっている。魚釣《さかなつ》り用《よう》の小舟《こぶね》とくらべると、吉夢号は大きな家のようだ。ラルーサ行きの船をまのあたりにして、ファナの胸《むね》は高鳴《たかな》った。

すばやく視線《しせん》をはしらせ、白いスカーフの旅人のなかに、見知った顔がないのをたしかめる。

乗船《じょうせん》の順番《じゅんばん》がくると、ファナはしおらしい顔をして、日に焼《や》けた船員を見あげた。

「あの、あたし、お金がないんです。雑用《ざつよう》はなんでもしますから、ただで乗せてもらえませんか？」

船員が問《と》いかけるように首をめぐらすと、船長らしい男が出てきて、じろりとファナを見た。ラルーサへの旅人には善行《ぜんこう》をほどこす決まりなので、こういう頼《たの》みはめずらしくない。

「いいだろう。そう混《こ》んじゃいないからな。そのかわり、しっかり働《はたら》いてもらうぞ。」

「ありがとうございます！」

「で、名前は？」

「マーラです。」

ファナはとっさに、祖母《そぼ》の名前を答えた。

「ラルーサまで、どのくらいかかるんですか？」

「四日だ。嵐《あらし》でもくれば話はべつだがな。まあ、いまのところ気配《けはい》はない。」

ファナはほっとして、船に乗りこんだ。

客が少ないという話だったが、吉夢号《きちむごう》には二十人近い客が乗りこんでいた。子どもの姿《すがた》はなく、いちばん若《わか》いのはファナのようだ。

「ひとりでラルーサに行くのかい？」

首飾《くびかざ》りをじゃらじゃらつけた女が、声をかけてきた。

ファナが「火事《かじ》で……」と声をつまらせると、女は心得顔《こころえがお》にうなずいた。

「いいよいいよ、むりに話すこたぁない。あたしはナビ村の出でね。年に一度はラルーサに行って、夢《ゆめ》をさずかることにしているのさ。」

ファナは船員の指図《さしず》で、客たちにミント茶《ちゃ》をくばった。客たちの話題《わだい》は、やはりロザリン妃《ひ》のご懐妊《かいにん》だ。

「はじめて肖像画《しょうぞうが》を見たときは、ぱっとしない王妃《おうひ》さまだと思ったがね。元気な王子さまを産《う》んでくださるのなら、文句《もんく》はないさ。」

そんな、失礼《しつれい》なことをいうものもいた。

年配客《ねんぱいきゃく》にまじって一組の若《わか》いカップルがいて、みなの視線《しせん》を集めていた。娘《むすめ》はロザリン妃《ひ》とおなじ年ごろで、美しい顔立《かおだ》ちだが、やせてよわよわしい。娘は若い恋人《こいびと》と手をつなぎ、かたときもはなれたくないようすで見つめあっている。

「彼女《かのじょ》は病気《びょうき》がちなので、ぼくの両親が結婚《けっこん》を反対《はんたい》しているのです。」

若い男は、恋人の手を胸《むね》に引きよせた。

「ラルーサに行って夢《ゆめ》を見れば、ぼくたちが結《むす》ばれる運命《うんめい》だとわかってくれるでしょう。運命で結ばれたどうしは、おなじ夢を見るといいますから。」

若いふたりはほほえみをかわした。自分たちがおなじ夢を見ると、信《しん》じきっているようだ。ファナは気恥《きは》ずかしいような、くすぐったい気分になった。

「ぼくたちは一心同体《いっしんどうたい》です。彼女になにかあったら、ぼくは黄泉《よみ》の国まで追いかけていきますよ。」

若い男は熱《ねつ》っぽく目を光らせた。

「古代《こだい》の王メンハラーのようにかね？」

まっ白なひげをたくわえた老人《ろうじん》が、口をはさんだ。

「たしかにメンハラー王は、亡《な》くなったお妃《きさき》を追って黄泉《よみ》の国に行かれた。しかし偉大《いだい》なメンハラー王でさえ、王妃《おうひ》をつれもどすことはできなかったのじゃ。」

(メンハラー王って、名前をきいたことがある。昔《むかし》の王さまよね。)

ファナは老人の話に興味《きょうみ》をひかれ、耳をすました。

「お若《わか》いの。恋人《こいびと》に夢中《むちゅう》なのはけっこうだが、人間には、死んだものを生きかえらせることはできんよ。」

「やる前からむりだというのは、お年寄《としよ》りのわるいくせですよ。」

若い男は、いどむように老人を見た。

「ぼくならきっと、愛《いと》しい人を黄泉の国からつれかえってみせます。愛《あい》の力は、なににもまさるものですから。」

「やれ、いさましいこった。若さには勝てんの。」

老人は降参《こうさん》したように、肩《かた》をすくめた。

客たちの話題《わだい》は、ラルーサでの夢《ゆめ》ときにうつった。夢見《ゆめみ》の館《やかた》で一夜《いちや》をすごすと、ふだんの夢《ゆめ》とは別格《べっかく》の、ありがたい夢をさずかるのだそうだ。夢《ゆめ》とき堂《どう》へ行けば、夢《ゆめ》とき師《し》が夢の意味を教えてくれるらしい。どの夢とき師がいちばんすぐれているか、客たちはさかんに論《ろん》じあっている。ファナは注意ぶかく話をきいていたが、シバハーンの名前は出てこなかった。

夜がくると、ファナは船室《せんしつ》のすみでからだをまるめた。

(父さんや母さんは、いまごろどんなに心配《しんぱい》しているだろう。あたしはぶじに、シバハーンをさがしだすことができるんだろうか。)

5

赤獅子城《あかじしじょう》

吉夢号《きちむごう》は初夏《しょか》の日ざしをあび、ゆるゆると北上《ほくじょう》をつづけた。船員たちはぶっきらぼうで人づかいがあらかったが、意地悪《いじわる》ではなかった。

リヤ川の両岸《りょうぎし》には街道《かいどう》があり、船からも旅商人《たびしょうにん》たちが行きかうのが見えた。ときおり赤い鎧《よろい》の騎士《きし》を見かけると、ファナはあわてて姿をかくした。

二日目の夕方、吉夢号はドラエクの港《みなと》によることになっていた。そこでリヤ川はラルーサに北上する流れと、東にある王都《おうと》ミネヴァへの流れにわかれるのだ。

甲板《かんぱん》に出たファナは、川をわたる風に目をほそめた。船がラルーサに近づくごとに、風もさわやかになるようだ。王都の方角《ほうがく》に目をこらすと、巨大《きょだい》な丸屋根《まるやね》や尖塔《せんとう》を見わけることができた。

「おお、メンハラー宮殿《きゅうでん》が見えるのう。」

となりに立っていた老人《ろうじん》も、手をかざして王都《おうと》を見た。ファナは白いひげの老人《ろうじん》が、きのうメンハラー王の話をしていたひとだと気がついた。

「メンハラー宮殿のメンハラーって、王さまの名前？」

「そうとも。いまからざっと三百年前に、メッシナ王国を建国《けんこく》したメンハラー王じゃ。王ご自身《じしん》が、すぐれた夢《ゆめ》とき師《し》であったことは知っとるかね？」

「えっ、そうなの？　夢とき師の王さまなんて、はじめてきいた。」

老人は知識《ちしき》を披露《ひろう》する相手《あいて》を見つけて、うれしそうな顔をした。

「事実《じじつ》、そうじゃったのだよ！　メンハラー王は自分が見た夢で、愛《あい》する王妃《おうひ》が若《わか》くして亡《な》くなることを知った。王は王妃が死をまぬがれるようにあらゆる手をつくしたが、そのかいもなく、王妃は亡くなってしまった。しかも王は戦《たたか》いに出ていて、妻《つま》の最期《さいご》を見とどけることができなかったのじゃ。」

老人は両手をあげ、悲嘆《ひたん》にくれてみせた。

「メンハラー王は王妃《おうひ》にひと目会いたいと、祈《いの》りつづけた。祈りはときどき、アラリム＝カーは王を黄泉《よみ》の国へみちびいてくださった。」

「黄泉の国って、死んだひとが行くこわいところでしょう？　生きてるのに、そこへ行けるの？」

「黄泉の国はマグレブの領域《りょういき》じゃが、アラリム＝カーのお力があれば、できぬことはない。」

老人《ろうじん》は自分の手柄《てがら》のように、胸《むね》をそらした。

「ただしアラリム＝カーは、メンハラー王にいわれた。会って話をすることはできるが、王妃をつれもどすことはできない。黄泉の国のものは、なにひとつ持ちかえってはならぬとな。メンハラー王はカーの誓《ちか》いをたて、黄泉の国へむかった。」

ファナが息をつめてききいっているので、老人は満足《まんぞく》げにほほえんだ。

「王妃と再会《さいかい》したメンハラー王は、心ゆくまで別《わか》れをおしんだ。しかし、もどらねばならないときがくると、メンハラー王の胸《むね》には、王妃を生きかえらせたいという、激《はげ》しい望《のぞ》みがめばえていたのだ。」

「だって、カーの誓《ちか》いをたてたのに？」

「メンハラー王も、若《わか》かったのじゃろうな。王は王妃《おうひ》がとめるのもきかず、王妃をつれてこの世《よ》に帰ろうとした。ふたりは暗く長い洞窟《どうくつ》を抜《ぬ》け、ようやく光の見えるところまでやってきた。そこへ、王がカーの誓いをやぶったことをかぎつけたマグレブがおそってきた。王は王妃の右腕《みぎうで》をつかんで、逃《に》げようとした。しかしマグレブは、王妃を永遠《えいえん》の闇《やみ》へとつれさっていったのじゃ。」

「それじゃ王妃さまは、いまも黄泉《よみ》の国にいるの？」

「さよう。死者《ししゃ》は年をとらぬから、いまも若《わか》くお美しいままじゃろうて。」

老人《ろうじん》は考えぶかげに、白いひげをなでた。ファナは、すっかり感心《かんしん》していた。

「おじいさんって、まるで賢者《けんじゃ》みたい。あたしの村には、そんなことを知ってるお年寄《としよ》りなんかいなかったわ。」

「いやいや、それはいくらなんでも、ほめすぎじゃ。夢《ゆめ》とき師《し》の導師《どうし》でもなければ、賢者とはいえん。」

老人は、まんざらでもない顔をした。

「ドーシって？」

「夢《ゆめ》とき師《し》を育てる教師《きょうし》のことじゃよ。王の夢とき師ですら、導師《どうし》にはかなわぬという話も……。」

うしろで「もうすぐドラエクだ。赤獅子城《あかじしじょう》が見えるぞ」という声がした。

川を見おろす岩壁《がんぺき》の上に、赤さびた色の城《しろ》が建《た》っている。城というものをはじめて見たファナは、その大きさといかめしさにおどろいた。立ちあがる獅子《しし》の紋章《もんしょう》の旗《はた》がひるがえり、槍《やり》を持った騎士《きし》たちが城を守っている。いならぶ騎士たちは、血《ち》のように赤い鎧《よろい》をまとっていた。

ぎょっとして、ファナはしゃがみこんだ。

「お嬢《じょう》ちゃん、どうしたね？」

「いえあの、きゅうにお腹《なか》がいたくなって。」

「そいつはいかんな。待《ま》ってなさい。わしがいい薬《くすり》を……。」

「すぐおさまるから平気《へいき》です。それより赤獅子城って、だれのお城ですか？」

「サイラス卿《きょう》じゃよ。ドラエクはサイラス卿の領地《りょうち》じゃからな。サイラス卿騎士団《きょうきしだん》の勇《ゆう》猛《もう》さは、王国に鳴りひびいておる。」

(アマンさんを殺《ころ》した、赤い鎧《よろい》の男たち。あれは、サイラス卿《きょう》の騎士《きし》なのかしら?)

「サイラス卿って、えらいひとですよね?」

「もちろんだとも。メンハラー王国の宰相《さいしょう》じゃ。奥方《おくがた》は先王《せんおう》の妹君《いもうとぎみ》で、アッシャー王の叔父《おじ》にあたる。」

(王さまの親戚が腕輪《うでわ》をさがしてるなんて、やっぱりただごとじゃない。もしかしたら、腕輪はサイラス卿のものなの?)

赤い鎧の騎士が船に乗りこんでくるのではないかと、ファナはひやひやした。吉夢号《きちむごう》がなにごともなくドラエクを出ると、ファナはほっとして胸《むね》をなでおろした。

ファナはもう一度、王都《おうと》の壮麗《そうれい》なシルエットに目をこらした。遠くから見ただけでも、おそろしく金がかかっているのがわかる。

(王都に住んでいるひとたちは、さぞやぜいたくで、気楽《きらく》な暮《く》らしをしているんだろうな。)

ファナは知るよしもなかったが、そのころ王都では、思いもよらぬことが起きていた。

6

メンハラー宮殿《きゅうでん》

アッシャー王は信《しん》じられない思いで、ロザリン妃《ひ》の骸《むくろ》を見おろしていた。

「ロザリン、なぜだ、いったいなぜこんなことに！」

「お昼寝《ひるね》をされていて、きゅうに具合《ぐあい》がわるくなられたのです。拝見《はいけん》しましたときには、もう手のほどこしようが……。」

宮廷医《きゅうていい》は、低《ひく》く頭をたれた。

「よもや、毒《どく》ということはないな？」

アッシャー王が、するどい目をなげる。

「いえ。おしらべいたしましたが、その兆候《ちょうこう》はなにも。体調《たいちょう》が急変《きゅうへん》されたとしか、もうしあげることができません。」

うろたえた宮廷医《きゅうていい》は、しきりに汗《あせ》をぬぐっている。

「急変《きゅうへん》だと？　王妃《おうひ》の体調《たいちょう》は万全《ばんぜん》だといっていたではないか！」

「王妃さまは、ひどくうなされておいででした」と、王妃の侍女《じじょ》が涙《なみだ》ながらにいった。

「なにか、わるい夢《ゆめ》でもご覧《らん》あそばされていたようでございます。」

「たわごとを！　王妃が、夢に殺《ころ》されたとでもうすのか？　おおロザリン、愛《いと》しい妻《つま》よ、お願《ねが》いだから目をさましてくれ。」

王は妻の遺体《いたい》にとりすがった。王妃は胸《むね》の上で手を組《く》まされてはいたが、苦悶《くもん》にゆがんだ表情《ひょうじょう》はかくしきれない。いならぶ重臣《じゅうしん》たちはおしだまったまま、とつぜんの悲劇《ひげき》にとまどっている。

「そうだ。」

王は顔をあげ、熱《ねつ》をおびた瞳《ひとみ》をきらめかせた。

「腕輪《うでわ》だ。あれがあれば、王妃を生きかえらせることができるではないか！　腕輪はどこだ？　余《よ》が命《めい》じたのに、まだ見つからぬというのか？」

「王よ、ほどなく腕輪《うでわ》は見つかりましょう。」

絹《きぬ》のようになめらかな声がした。顔をすっぽりとヴェールでおおい、漆黒《しっこく》のドレスに身《み》をつつんだ女だ。黒いヴェールごしにも、きわだった美女《びじょ》であることが見てとれる。

「イソキナ。それはまことか？」

王の夢《ゆめ》とき師《し》であるイソキナは、うやうやしくひざまずいた。

「おわすれでございますか。王は先日、畑で土をつかみとる夢をごらんになりました。それは、うしなわれた宝《たから》をふたたび手にするという意味でございます。」

イソキナはヴェールごしに、緑色《みどりいろ》の瞳《ひとみ》をきらめかせた。

「夢は、しばしばふたつの意味をあらわします。うしなわれた宝とは腕輪であり、ロザリン妃《ひ》でもあると存《ぞん》じます。」

「おお……！」

「だまれ、イソキナ。」

燃《も》えるような赤い髪《かみ》の男が、肩《かた》をいからせた。宰相《さいしょう》にして赤獅子城《あかじしじょう》の城主《じょうしゅ》、サイラス卿《きょう》だ。武人《ぶじん》らしいたくましいからだつきに、太い鼻。その目はイノシシのように抜《ぬ》け目《め》

なく光っている。

「そのように王をまどわせて、ごまかすつもりか。王妃《おうひ》が亡《な》くなるという大事《だいじ》が、王の夢《ゆめ》にあらわれなかったはずはない！　おまえは、それを見のがしたのだ。」

サイラス卿《きょう》は、憎々《にくにく》しげにイソキナをねめつけた。

「しかも、おまえはお世継《よつ》ぎが産《う》まれると夢ときしたではないか。ならばどうして、王妃がお亡くなりになるのだ。おまえの夢ときが、まちがっていたという証拠《しょうこ》ではないか！」

「お言葉ですがサイラス卿。わたくしの夢ときこそ、王妃さまが生きかえるという証拠なのです。」

イソキナはきぜんとして顔をあげ、サイラス卿を見かえした。

「王は腕輪《うでわ》の力で、黄泉《よみ》の国から王妃を救《すく》いだされることでしょう。生きかえられた王妃は、ぶじにお世継ぎをお産みになるのです。」

王の顔は、くるおしい喜《よろこ》びにかがやいた。

「イソキナ、よくぞもうした。ロザリンはよみがえって余《よ》の息子《むすこ》を産むのだ。そうにちがいない。余《よ》はロザリンを、黄泉《よみ》の国から奪《うば》いかえしてみせるぞ！」

イソキナが、うやうやしくいった。

「これはアラリム＝カーが、王に与《あた》えたもうた試練《しれん》。かのメンハラー王がなしえなかった偉業《いぎょう》をなし、王はのちの世《よ》まで聖王《せいおう》とたたえられることでございましょう。」

「アッシャー王よ、この女にだまされてはなりませんぞ。」

サイラス卿《きょう》は、けわしい顔で王につめよった。

「たとえ王といえど、死人《しにん》を生きかえらせることはできません。王が黄泉《よみ》の国へ行かれて命《いのち》を落とされたら、メッシナ王国は、残《のこ》された民《たみ》はどうなりましょう。耐《た》えがたい悲劇《ひげき》とはいえ、どうか王妃《おうひ》の死をおうけとめください。それが、国王としてのつとめでございます。」

若《わか》い王は、サイラス卿に血《ち》ばしった目をむけた。

「叔父上《おじうえ》といえど、指図《さしず》は無用《むよう》。余《よ》はかならずや、愛《いと》しいひとを黄泉の国からつれもどしてみせる。サイラス卿、みなのもの、よいか。王妃は亡《な》くなっておらぬ。王妃のからだが傷《いた》まぬよう万全《ばんぜん》をつくせ。ここにいるもの以外《いがい》には、王妃は病気《びょうき》だとつたえよ。そして一刻《いっこく》も早く、腕輪《うでわ》をさがしだすのだ！」

「わたしはただ、王の身《み》を案《あん》じているだけでございます。」

サイラス卿《きょう》は、肩《かた》を落とした。

「どうか誤解《ごかい》なさいますな。ロザリン妃《ひ》をよみがえらせたいという思いは、わたしも同じでございますぞ。」

「わかっている。どうかロザリンのために、力を貸《か》してくれ。」

王が、サイラス卿の肩に手をかける。重臣《じゅうしん》たちも、そっと涙《なみだ》をぬぐう。

「王、ご安心なされよ。わが騎士団《きしだん》に、メンハラー王国のすみずみまで探索《たんさく》させましょう。腕輪は、かならずこのサイラスが手に入れてみせます。」

7

マグレブの岩場《いわば》

ゆったりとおだやかだったリヤ川は、北にむかうにつれ、しだいに流れが急になる。川幅《かわはば》もせまくなり、両岸《りょうぎし》の景色《けしき》も畑や草地《くさち》から、あらあらしい岩場《いわば》に変《か》わった。

ラルーサにつく前日は、朝から霧《きり》が立ちこめていた。甲板《かんぱん》をふいていたファナは、若い船員に肩《かた》をたたかれた。

「船室《せんしつ》に入りな。じきにマグレブの岩場だ。」

(マグレブの岩場?)

「リヤ川のいちばんの難所《なんしょ》だ。きりたった崖《がけ》で、まわりは急流《きゅうりゅう》になってる。マグレブが岩場に立って、ラルーサにひとを近づけまいとしているのさ。」

「岩場《いわば》に、マグレブが立ってるの？」

「なさけない顔をするなって。船室《せんしつ》にいて、外を見なきゃすむことさ。おれたちだって、岩場を見あげることたぁしない。もっともマグレブが見えたって、ぶるったりしないがね。」

「だれか、マグレブを見たひとがいるの？」

船員は秘密《ひみつ》めかして、声をひそめた。

「そこんとこが妙《みょう》なのさ。うっかり見ちまったたって話はきくが、みんないうことがちがうんだ。コウモリの翼《つばさ》をもつ山羊《やぎ》がいたってやつもいれば、おそろしく背《せ》の高い男を見たってやつもいる。くるぶしまでとどく銀髪《ぎんぱつ》の、色《いろ》っぽい女だって説《せつ》もある。そんな悪《あく》魔《ま》なら、おがんでみたいもんだがね。」

「おい、むだ話してるひまはないぞ！」

船長にどなられて、若《わか》い船員は首をすくめた。

「おまえはなかに入って、おとなしくしてな。ぜったい外を見るんじゃないぞ！」

船室におりると、マグレブの岩場が近いことを知っているらしく、客たちは神妙《しんみょう》な顔ですわりこんでいた。目をとじて、ぶつぶつ祈《いの》っている女もいる。

波《なみ》しぶきの音が強くなったかと思うと、吉夢号《きちむごう》はがたがたとゆれだした。流れが急になり、船体《せんたい》は悲鳴《ひめい》のようなきしみをあげている。

（マグレブは山羊頭《やぎあたま》で、コウモリの翼《つばさ》があるってきいたけど。背《せ》の高い男とか、美女に化《ば》けたりもするのかしら。見るひとによってちがうんなら、あたしには、どんなふうに見えるんだろう？）

見てはいけないといわれると、よけいに見たくなる。ファナは、好奇心《こうきしん》で破裂《はれつ》しそうになってきた。

（だめ。見ちゃいけない。不吉《ふきつ》だもの。あたしはぜったい、見たりしない！）

ファナは自分にいいきかせた。けれど船が大きくかしいだとき、ファナは思わず窓《まど》の外をのぞいてしまった。

きりたった岩壁《がんぺき》。見えたのは、そこにあるはずがないものだった。

燃《も》えあがる、木組《きぐ》みの小屋《こや》。

（アマンさんの家？）

ファナは目をうたがった。炎《ほのお》のなかで、逃《に》げまどう人影《ひとかげ》が見える。ファナはぞっとして目をそらした。

マグレブの岩場《いわば》をすぎても、ファナはふるえが止まらず、ひたすら祈《いの》りつづけた。

(アラリム=カーよ、どうか七色の羽でお守りください。

アラリム=カーよ、どうかあたしをマグレブからお守りください。)

8

夢《む》都《と》

一夜明《いちやあ》けると霧《きり》は晴《は》れ、太陽《たいよう》が姿《すがた》をあらわした。そびえる山なみを背《せ》に、瑠璃色《るりいろ》の街《まち》がきらめいている。

（ラルーサ！）

吉夢号《きちむごう》は、とうとう目的地《もくてきち》についた。ファナが夢《ゆめ》にまで見た景色《けしき》が、目の前に広がっている。港《みなと》には、吉夢号より大きな船が何艘《なんそう》も停泊《ていはく》していた。

（夢都《むと》だ！　ああ、あたし、ほんとうにラルーサにきたんだ！）

ファナはくらくらしながら、ラルーサにおりたった。

目のさめるような青い壁《かべ》、美しいモザイク、あざやかな花がいけられた壺《つぼ》。総《そう》レースのドレスを着た貴婦人《きふじん》が輿《こし》にゆられていくのを、ファナは目をまるくして見おくった。

(夢《ゆめ》で見たラルーサより、ずっと大きくてにぎやかだ。)

建《た》ちならぶ湯屋《ゆや》からは、香料《こうりょう》入《い》りの湯のかおりがただよってくる。ラルーサについたひとびとは、まず湯屋にあがり、乳白色《にゅうはくしょく》の温泉《おんせん》につかって身《み》を清《きよ》めるのだ。

ファナは坂道《さかみち》の参道《さんどう》をのぼりはじめた。ナッツやプラムと煮《に》こんだ鶏肉《とりにく》が湯気《ゆげ》をたて、彩色《さいしょく》された陶器《とうき》につがれた蜂蜜茶《はちみつちゃ》が、道ゆく人をさそう。道をよこぎる灰色《はいいろ》の猫《ねこ》でさえ、高貴《こうき》な生きものに見えた。

白いスカーフのひとびとがいきかう参道《さんどう》には、商店がずらりと軒《のき》をならべている。絹《きぬ》のはきものや陶器を売る店もあったが、たいていの店では、いい夢をさずかるための品をならべていた。アラリム＝カーの絵姿《えすがた》、薔薇《ばら》の香料《こうりょう》をつめた袋《ふくろ》、アラリム＝カーの使いである蝶《ちょう》の装身具《そうしんぐ》。フューシャピンクやターコイズブルーに、金糸銀糸《きんしぎんし》の刺繍《ししゅう》。どれも美しくて、ため息が出る。

「見とくれ！　よっとくれ！　いい夢をさずかりたいなら、買わない手はないよ！」

いせいのいい掛《か》け声《ごえ》が飛《と》びかっている。ある店の前まできて、ファナは立ちすくんだ。

腕輪《うでわ》！

青い眼《め》のヘビをかたどった、金色の腕輪。ファナがあずかったのとそっくりの腕輪が、山積《やまづ》みになっているではないか！

（なにこれ？　こんなにたくさん！）

ファナは腕輪のひとつを手にとった。自分が持っているのと、そっくりだ。

「お買《か》い得《どく》だ。たったの二スーだよ！」

売《う》り子《こ》の女が、すかさず声をかけてくる。

「亡《な》くなったひとの夢《ゆめ》を見たいんなら、いちばんのお守りだ。ラルーサじゅうをさがしたって、サラの腕輪が二スーで買えるのはうちだけさ。」

「サラの腕輪？」

「おやまあ！　サラの腕輪も知らないのかい。サラは偉大《いだい》なメンハラー王のお妃《きさき》じゃないか。メンハラー王は王妃《おうひ》を黄泉《よみ》の国からつれだそうとしたけれど、持ってこられたのは、王妃がはめていた腕輪だけだった。それがすなわち、サラの腕輪さ。」

女はなれた調子《ちょうし》でまくしたてた。吉夢号《きちむごう》で老人がしてくれた話には、つづきがあったらしい。

「サラの腕輪《うでわ》をつければ、亡《な》くなったひとの夢《ゆめ》が見られるんだよ。安いもんだ、たったの二スーだよ！」

「じゃあ、これはみんな、にせものってこと？」

「けちをつけないどくれ。ここにあるのはみんな、正真正銘《しょうしんしょうめい》のサラの腕輪さ！」

女はしゃあしゃあといってのけた。山積《やまづ》みの腕輪を前にして、ファナの胸《むね》はざわめいた。

(まさかあたしが持ってるのが、ほんものだったりして。)

「買っておいきよ。べつの店なら三スーはするよ！」

「いらない。あたし、夢《ゆめ》をさずかりにきたんじゃないの。」

「こいつはたまげた！」

そばにいた太鼓腹《たいこばら》の男がいった。白いスカーフをしていないところを見ると、土地の人間らしい。

「ひとはみな、夢をさずかるためにラルーサにやってくる。お嬢《じょう》ちゃんは、いったいなにをしに夢都《むと》にきたというんだね？」

男は、にっこり笑《わら》ってファナを見た。目がたれた、ひとのよさそうな顔だ。ファナは思いきって、きいてみることにした。

「あたし、ひとをさがしているんです。おじさんは、シバハーンってひとを知りませんか？」

男は売《う》り子《こ》の女と、ちらりと顔を見あわせた。

「シバハーン？　あのシバハーンかい？」

「知ってるんですか？」

「もちろん知っているとも。ラルーサじゃきこえた名前さ。ただし、ちょっとわけありでね。大声で話すわけにはいかないんだ。」

「お願《ねが》いします！　シバハーンがどこにいるか教えてください。あたし、だいじな用があるんです。」

ファナが頼《たの》みこむと、男はこまったようにあごをなでた。

「かわいいお嬢《じょう》ちゃんに頼まれちゃ、教えんわけにもいかんなあ。そうだ。よかったら引きかえに、わしの夢《ゆめ》を買ってくれんかね。」

「夢って、買えるものなの？」

「もちろんだとも。」

おどろくファナを見て、男は楽しげに腹《はら》をゆすった。

「ラルーサでは、夢は売り買いできるものなのさ。そうはいっても、金は一銭《いっせん》もいらんがね。ひとの見た夢をきいてそのとおりに語れば、夢を買ったことになるんだ。わるい話じゃないだろう？　ゆうべさずかった夢で、こまっているんだよ。」

「どうして？」

「釣《つ》りをしている夢でね。わしは赤い鯉《こい》を釣りあげた。夢《ゆめ》とき師《し》がいうには吉夢《きちむ》だそうだ。赤は情熱《じょうねつ》の色だから、情《じょう》のふかい恋人《こいびと》と結《むす》ばれるって意味なのさ。」

男はファナに、片目《かため》をつぶってみせた。

「ところがこっちには、れっきとした女房《にょうぼう》がいる。情のふかい恋人なんぞ、あらわれてもらっちゃこまるんだよ。どうかね。お嬢《じょう》ちゃんさえよけりゃ、この夢を買ってくれんかね。」

にわかには、信《しん》じられない話だ。そのとおりに語るだけで、ほんとうに夢《ゆめ》が自分のものになるのだろうか？

（おまけに情《じょう》のふかい恋人《こいびと》なんて、めんどくさそう。）

「夢を買えば、シバハーンのことを教えてくれるのね？」

「もちろんだとも。」

男はうれしそうに手をもんだ。

「なに、こっちのいうことをそのままくりかえしてくれればいいんだ。いいかい？『わたしは湖《みずうみ》に小船《こぶね》をうかべて、釣《つ》りをしている夢を見ました。』」

「わたしは湖に小船をうかべて……。」

ファナが語りだすと、横あいから声がかかった。

「やめておけ。」

二十歳《さい》くらいの若者《わかもの》が、いつのまにかそばに立っていた。刺繍《ししゅう》のついた黒いチュニックを着て、漆黒《しっこく》の髪を、うしろでたばねている。

「赤い鯉《こい》を釣る夢は、やけどをするという意味だ。田舎娘《いなかむすめ》をだまして夢を売りつけようなど、恥《はじ》を知るがいい。」
若者《わかもの》は夢《ゆめ》を売ろうとしていた男に、ひややかにいった。

9

夢《ゆめ》虫《むし》亭《てい》

「若造《わかぞう》が、よけいなことを！」

怒《おこ》った男はこぶしをあげたが、若者《わかもの》のすきのないようすを見ると、舌《した》うちして背《せ》をむけた。

「ひどい。おじさん、あたしをだましたの？」

逃《に》がすものかと、ファナは男の服をつかんだ。ふりほどこうとした男は足をすべらせ、どうっと蜂蜜茶《はちみつちゃ》の屋台《やたい》にたおれこんだ。

大きなやかんが火にかけられていたので、たまらない。男は熱湯《ねっとう》をざぶりとあびて、悲鳴《ひめい》をあげた。

「あっちっちっち！」

「さっそく報《むく》いをうけたな。どのみち、そうなる運命《うんめい》だったのだ。」

若者《わかもの》がこともなげにいった。男はひいひいいいながら逃《に》げてしまった。

「ほうっておけ。たいしたやけどではあるまいさ。」

若者はタジ村ではお目にかかったことのない、あかぬけた顔だちだ。

（さすがラルーサ。こんなひとがタジ村にいたら、女の子たちがきゃあきゃあさわぐわね。ハマム兄さんなら鼻を鳴らして、『女みたいな野郎《やろう》だ』っていうだろう。）

「あの、もしかして、夢《ゆめ》とき師《し》の方ですか？」

「そうではないが、赤い鯉《こい》の話は有名《ゆうめい》だからな。」

「どうもありがとう。あのまま夢を買ってたら、あたしがやけどをしてたってこと？」

「そうだ。ひとの夢など、むやみに買うものではない。」

「あたし、夢都《むと》ははじめてで。」

「きてそうそう、たちのわるいのにひっかかったわけだ。そういえば、シバハーンをさがしているとかいっていたな。」

「シバハーンを知ってるんですか？」

「知らないといえば、うそになる。」

「どんなひとですか？　あたし、名前しか知らなくて。」

「いまは隠居《いんきょ》されているが、夢《ゆめ》とき師《し》の導師《どうし》でおられた方だ。」

「導師？　すごい！」

ファナは胸《むね》がときめいた。ようやく、シバハーンを知っているひとに会えた。おまけにシバハーンは、ほんものの賢者《けんじゃ》なのだ！

「それでシバハーンさんは、いまどこにいるんですか？」

「それをきいてどうする？　シバハーンにどんな用があるのだ？」

「それはいえません。でも、すごくだいじな用なんです。」

ファナはいきおいこんでいった。若者《わかもの》はどうしたものか考えているようだ。

「会ってくれるかどうかはわからんが……まあいい、ついてくるがいい。」

若者はファナの返事《へんじ》もきかず、すたすたと歩きだした。

「あっ、ありがとうございます！」

ファナは、いそいであとを追った。

「わたしはセザ。おまえの名は？」

「ファナです。」

「ラルーサは、はじめていったな。」

「ええ。あたし夢《ゆめ》とき師《し》になりたくて、ずっとラルーサにあこがれてたんです。」

セザという若者《わかもの》は表通《おもてどお》りをそれて、路地《ろじ》に入った。建物《たてもの》の下半分が青、上半分が白くぬられている。

「わたしの叔父《おじ》が居酒屋《いざかや》をしていて、シバハーンはその裏《うら》に住んでいるのだ。」

セザは、長い足をきびきびと動かしながらいった。

「叔父さんのところに？」

(はじめはどうなるかと思ったけど、あたし、ついてるみたい。ついたその日に、シバハーンに会えるんだ！)

セザは迷路《めいろ》のような路地を進み、一軒《いっけん》の居酒屋の前に立った。「夢虫亭《ゆめむしてい》」と看板《かんばん》が出ている。

「夢虫《ゆめむし》？」

「蝶《ちょう》の別名《べつめい》だ」といい、セザはうす暗い店に入っていった。

居酒屋《いざかや》は、まだ準備中《じゅんびちゅう》のようだった。カウンターで中年《ちゅうねん》の男がグラスをみがいている。

「シバハーンに客をつれてきた。」

セザはカウンターの男に声をかけると、カーテンをくぐって奥《おく》の部屋《へや》に入った。

そこはこぢんまりした居間《いま》だった。ステンドグラスのはまった扉《とびら》が半分ひらいて、中《なか》庭《にわ》の棕櫚《しゅろ》の木が見える。

「シバハーンは裏《うら》の家にいる。ここで、しばらく待《ま》っていてくれ。シバハーンに客だと告《つ》げてくる。」

セザはファナに椅子《いす》をすすめ、自分は中庭に出ていった。セザとおなじ年ごろの若者《わかもの》が、お茶をはこんできてくれた。濃《こ》くて甘《あま》い蜂蜜茶《はちみつちゃ》で、のどがかわいていたファナは、ごくごくと飲みほした。

(おいしい！　やっぱり、夢都《むと》のお茶はひと味《あじ》ちがうわ！)

部屋《へや》の調度《ちょうど》は古めかしかったが、茶系《ちゃけい》のあたたかな色合《いろあ》いだ。ひじかけ椅子のすわりごこちもよかった。部屋《へや》をながめていると、セザがもどってきた。

ファナは腰《こし》をうかした。

「シバハーンさんに会えるんですか？」

セザは手でファナを制《せい》した。

「その前に、やはりシバハーンに会う理由《りゆう》をきかせてもらおう。」

「だから、ほかのひとにはいえないんです。そうするって、カーの誓《ちか》いをたてたから。」

「それはこまったな。」

セザは腕組《うでぐ》みをして、ファナを見つめた。

「シバハーンは人ぎらいで、夢《ゆめ》ときをねだる連中《れんちゅう》にうんざりしているのだ。見ず知らずの人間には会いたくないといっている。」

「そんな！　あたし、どうしても会う必要《ひつよう》があるんです。ものすごくだいじな話があるって、いってもらえませんか？」

「ものすごくだいじな話、ね。」

「ほんとです。人の生死《せいし》にかかわる話なんです。」

一瞬《いっしゅん》、セザの顔がだぶって見えた。

（やだ、なに？）

まばたきすると、いつのまにかセザが目の前にいた。その手には、するどく光る剣《けん》がにぎられている。

「たしかに生死《せいし》にかかわる話だ。おまえはあの女から腕輪《うでわ》をあずかったな。いえ、サラの腕輪はどこにある？」

ファナは、息が止まりそうになった。

（罠《わな》だ！　この男は、アマンさんを殺《ころ》した連中《れんちゅう》の仲間《なかま》なんだ！）

ファナは逃《に》げだそうとしたが、しびれたようにからだが動かない。

（どうして？　あっ、お茶《ちゃ》だ！　さっき飲んだお茶のなかに毒《どく》が入って……。）

背負《せお》い袋《ぶくろ》から腕輪がとりだされるのを、ファナは見ているしかなかった。

「泥棒《どろぼう》！」

ファナがあえぐと、セザはひややかにいった。

「泥棒はあの女だ。おそれおおくも、王家《おうけ》の宝《たから》を盗《ぬす》みだしたのだからな。」

(王家《おうけ》の宝《たから》?)

「これが、サラの腕輪《うでわ》……。」

セザは緊張《きんちょう》と畏敬《いけい》がまじったまなざしで、腕輪を見つめている。

「ようやく、とりもどすことができた。一刻《いっこく》も早く、王におとどけしなければ。」

ファナはひどく気分《きぶん》がわるかった。からだがほてるのに、冷《ひ》や汗《あせ》が出てくる。

お茶《ちゃ》を運《はこ》んできた男が足早《あしばや》に入ってきて、なにごとかセザに耳うちをした。

「なんだと? それはまことか?」

セザは顔色を変《か》えた。

「してやられた! この娘《むすめ》は、おとりだったのか!」

セザはあらあらしく、ファナの胸《むな》ぐらをつかんだ。

「いえ。おまえはこの腕輪がにせものだと、知っていたのか?」

(にせもの?)

もうろうとするファナをねめつけて、セザは首をふった。

「いや。そんな芸当《げいとう》ができるとも思えぬ。ただの田舎娘《いなかむすめ》が、なにも知らずに利用《りよう》されたのだろう。」

「といって、このまま帰すわけにはは。」

「やむをえまい。」

セザが、無慈悲《むじひ》な顔でファナを見る。

（なんなの？　どうしようっていうの？）

ファナは、のどがひりついた。

（あたし、殺《ころ》される？　いや、いやだ！　死にたくない！　まだ死にたくない！　助《たす》けて！）

ファナはさけぼうとしたが、声は出なかった。セザの剣《けん》が、ぎらりと光る。

ふいに目の前が暗くなり、ファナはそのまま、なにもわからなくなった。

10

かなたの園《その》

そこは、かぐわしいかおりに満《み》ちた園《その》だった。

あたりはほんのりと明るかったが、それは一面《いちめん》に咲《さ》いている白百合《しらゆり》のせいだった。つややかな緑の木々《きぎ》がしげり、そのむこうに白銀《はくぎん》の宮殿《きゅうでん》が見える。

枝《えだ》に大きな蜘蛛《くも》の巣《す》がかかって、風もないのにゆれていた。近づいて見ると、きらめく蜘蛛の糸には、ダイヤモンドがつらなっている。

空にかかるのは月ではなく、さえざえとした青い星。大気《たいき》は無数《むすう》のささやきで満ちていた。どれも大切《たいせつ》なことを語っているのに、ききとることはできないのだ。

（ああ、あたし、死んだんだ。でも黄泉《よみ》の国って、こんなにきれいなの？　まるでアラリム＝カーの園《その》みたい。）

ファナはぼんやりと、そう思った。美しい庭のながめは、心が洗《あら》われるような安《やす》らぎを与《あた》えてくれる。

からだにも、まるで重さを感じない。ファナは霧《きり》のように庭園《ていえん》をさまよい、池のほとりにやってきた。

純白《じゅんぱく》の蓮《はす》がつぎつぎに咲《さ》いては、清《きよ》らかな池をうめていく。

「この池で蓮が咲くと、地上で美しい夢《ゆめ》が生まれます。」

ひとつの声が、そうささやいた。どこからか竪琴《たてごと》の音もひびいてくる。

ファナは楽《がく》の音にひかれて、池のほとりをはなれた。

ぬれたように光る、白銀《はくぎん》のテラス。銀糸《ぎんし》のドレスをまとった女が、竪琴をひいていた。

ファナはそれが、アマンさんであることに気づいた。ファナの知っているアマンさんより、ずっと若《わか》い。でも、たしかにアマンさんだ。

ファナはテラスに近づき「アマンさん」と声をかけた。

アマンさんはどこか遠い目をしたまま、竪琴をかなでている。

「蝶《ちょう》はいつでも味方《みかた》よ。でも、手袋《てぶくろ》に気をつけて。」

アマンさんは立ちあがり、すべるように御殿《ごてん》のなかに消えた。あとに残《のこ》された竪琴《たてごと》は、澄《す》んだ調《しら》べをかなでつづけている。

ファナは御殿のなかをのぞいた。気高《けだか》い顔をしたひとたちがいて、アマンさんをむかえている。アマンさんは、おごそかで満《み》ち足《た》りた顔をしていた。

「アマンさん！」

ファナが御殿に足をふみいれようとすると、気高い顔のひとが、制《せい》するように手をあげた。

「使命《しめい》を終《お》えたものしか、ここに入ることはできません。」

足もとがふわりとして、一枚《まい》の布《ぬの》に変《か》わる。

（ああっ。）

ファナはそのまま、すさまじい速さで、下へ下へと落ちていった。

11

夢見《ゆめみ》の館《やかた》

ファナは棒《ぼう》で、つつかれるのを感じた。

目をあけると、ヤマアラシのような髪《かみ》の女が、ファナを見おろしている。

「おやまあ、生きてたんだね。目をあけなけりゃ、墓場《はかば》に持ってくところだったよ。」

うす暗い、洞窟《どうくつ》のような場所。

「ここ、どこ？　黄泉《よみ》の国？」

「寝《ね》ぼけるのも、いいかげんにしておくれ。」

ほうきを手にした女は、ぷりぷりしていった。

「ここは夢見《ゆめみ》の館《やかた》じゃないか。ずいぶんとまた、長い夢をさずかったもんだね。おおかた、眠《ねむ》り薬《ぐすり》をのみすぎたんだろう。それとも宿代《やどだい》をけちって、物置《ものおき》にもぐりこんだのかい？」

ファナは、のろのろと立ちあがった。たしかにそこは物置《ものおき》で、棚《たな》に布団《ふとん》や枕《まくら》が積《つ》んである。ぐらっと、めまいがした。

「自分で動けないんなら、ひとをよんでくるよ。あたしゃ、腰《こし》がわるくてね。ひとをかかえて階段《かいだん》をのぼるなんて芸当《げいとう》は、できないんだ。」

「だいじょうぶ……です。」

女は、ファナに背負《せお》い袋《ぶくろ》をおしつけた。

「ほら、荷物もわすれるんじゃないよ。あたしがおひとよしで、感謝《かんしゃ》するんだね。」

よろけながら廊下《ろうか》に出ると、天井《てんじょう》に星が描《えが》かれた藍色《あいいろ》の小部屋《こべや》が左右にならんでいた。つきあたりの階段をのぼると、飾《かざ》り柱《ばしら》がならぶ広い部屋に出た。壁《かべ》は青と白のモザイクで、天蓋《てんがい》つきの寝台《しんだい》がならんでいる。

部屋の中央《ちゅうおう》には、アラリム＝カーの像《ぞう》があった。タジ村の祠《ほこら》とは似《に》ても似つかない、あざやかな彩色《さいしょく》の彫像《ちょうぞう》だ。アラリム＝カーは慈愛《じあい》に満《み》ちた笑《え》みをうかべ、虹色《にじいろ》の羽をひろげている。

ふらつく足で外に出たファナは、強い陽《ひ》ざしに目をほそめた。目の前には泉《いずみ》がある。

ファナはふらふらとそこに近づき、ごくりと水を飲んだ。

つめたい水に、ファナは生きかえる思いがした。桶《おけ》に水をくんで、顔をばしゃばしゃ洗《あら》う。

「ぷはっ。」

顔をこすったファナは、ようやくあたりに目をむけた。ここはラルーサの高台《たかだい》らしく、瑠璃色《るりいろ》の街《まち》とリヤ川が見おろせた。

ふりかえったファナは、出てきた建物《たてもの》のりっぱなことにおどろいた。「夢見《ゆめみ》の館《やかた》」と書かれた旗《はた》がはためいている。それがなければ、ファナはそこが宮殿《きゅうでん》だと思っただろう。

どこからか、アラリム＝カーをたたえる詠唱《えいしょう》がひびいてくる。

白いスカーフをまいたひとたちが、のんびりとファナの前を通りすぎていく。

（あたし、生きてる。殺《ころ》されずにすんだんだ。）

木かげのベンチにすわって荷物をたしかめると、おばあちゃんのスカーフもなかに入っていた。なくなっていたのは腕輪《うでわ》だけだ。

セザ。

つめたい、切《き》れ長《なが》の瞳《ひとみ》がよみがえる。

(あいつは、腕輪が王家《おうけ》の宝《たから》だといった。それを、アマンさんが盗《ぬす》んだって。)

しかも、ファナに託《たく》されたサラの腕輪が、にせものだというのだ。どう考えても、おかしい。第一《だいいち》に、アマンさんはものを盗むようなひとではない。おまけに霊夢《れいむ》にしたがって、腕輪をファナに託したのだ。

それにしても、どうして自分は殺《ころ》されずにすんだのだろう。

(せっかく命《いのち》びろいをしたんだもの。さっさと家に帰ろうよ。)

心のなかで、そうささやく声がする。

(でもそれは、殺されたアマンさんをわすれるってことだ。あたしには、そんなことできない。)

かといって、これからどうすればいいのだろう。シバハーンをさがしあてたとしても、わたすべき腕輪はないのだ。

考えあぐねていると、二人づれの若《わか》い男がやってきた。

「なあ、やめとけよ。夢《ゆめ》ときが凶《きょう》と出たからって、やりなおすこたあない。わるい夢を吉夢《きちむ》に変《か》える方法は、いろいろあるっていうぞ。」

「いや。おれが見てもらった夢《ゆめ》とき師《し》は、やたらと口のわるいばあさんだった。なんにだって、けちをつけるって手合《てあ》いさ。夢とき師がちがえば解釈《かいしゃく》もちがうって話は、よくきくじゃないか。もういっぺん、試《ため》させてくれよ。」

「夢《ゆめ》とき堂《どう》は昼までだぜ。」

「いそげば、まだ間《ま》にあうさ！」

夢とき堂。

ファナは、自分が見た夢を思いだした。美しい園《その》で、若《わか》いアマンさんと会った。

（そうだ。あたし、夢見《ゆめみ》の館《やかた》で夢を見たんだ。てことは、あれはアラリム＝カーがさずけてくださった夢なんだ。だったら夢とき堂で、夢をといてもらおう。これからどうしたらいいか、わかるかもしれない。）

ファナは立ちあがると、ふたりの若者《わかもの》のあとを追った。

12

夢《ゆめ》とき堂《どう》

丸天井《まるてんじょう》の夢《ゆめ》とき堂《どう》は、優美《ゆうび》な宝石箱《ほうせきばこ》のようだった。

白い壁《かべ》には、金銀《きんぎん》のモザイクで蝶《ちょう》や植物《しょくぶつ》がかたどられている。中央《ちゅうおう》には六角形《ろっかくけい》の噴水《ふんすい》があり、白い水盤《すいばん》からこぼれた水が音もなく波紋《はもん》を描《えが》いていた。噴水をかこんで二層《そう》の回廊《かいろう》があり、アーチ形《がた》の扉《とびら》がならんでいる。

夢ときは正午《しょうご》までなので、堂内《どうない》はすでにひっそりとしていた。ファナは入口でもらった札《ふだ》と、おなじ番号《ばんごう》の扉《とびら》をくぐった。夢ときを望《のぞ》むひとは、空《あ》いた部屋《へや》に順番《じゅんばん》に入るしくみなのだ。

（とうとう、ほんものの夢《ゆめ》とき師《し》に会えるんだ！）

部屋《へや》には強い香《こう》のにおいが満《み》ちていた。奥《おく》の一段高《だん》いところに夢《ゆめ》とき師《し》がすわり、その前には供物《くもつ》がならんだ台《だい》がある。夢とき師は六十ちかい女で、くるぶしまでのオレンジ色の服に、おなじ色のスカーフをまきつけていた。

女を見て、ファナは少々がっかりした。神秘的《しんぴてき》な雰囲気《ふんいき》はみじんもなく、タジ村の市《いち》場《ば》で見かける、ふつうのおばさんに見えたからだ。

夢とき師は、無愛想《ぶあいそう》な顔でファナを見た。

「名前は？」

「ファナです。」

「どこからきましたか？」

「タジ村から。」

「なにをもとめて？」

少し考えて、ファナは「真実《しんじつ》を」と答えた。

夢とき師は、かすかにうなずいた。

「ファナ。あなたがさずかった夢を語りなさい。」

ファナは、美しい庭でアマンさんと会った夢《ゆめ》を語った。もちろん腕輪《うでわ》のいきさつは話さず、アマンさんのことは、亡《な》くなった知《し》り合《あ》いにした。

瞳《ひとみ》をとじてきいていた夢《ゆめ》とき師《し》は、ファナの話が終《お》わると、肩《かた》をすくめた。

「どうやら、信頼《しんらい》していたひとにだまされたようだね。」

自信《じしん》に満《み》ちた声でいわれ、ファナはどきりとした。

「蜘蛛《くも》の巣《す》が、そのことをあらわしている。でも心配《しんぱい》はない。蓮《はす》の花《はな》は、いずれしあわせになるしるしだからね。まだ若《わか》いんだから、だまされたことも、勉強《べんきょう》をしたと思えばいい。」

夢とき師はそこまでいって、待《ま》った。ファナは知らなかったが、もっとくわしくききたければ、ここで金品《きんぴん》を台《だい》におく決まりなのだ。

ファナがなにも出しそうにないので、夢とき師は吐息《といき》をついた。

「では、あなたにアラリム＝カーのおめぐみがありますように。」

「あの、ちょっと待ってください。蝶《ちょう》は味方《みかた》だけど、手袋《てぶくろ》に気をつけろっていわれたんです。それは、どういう意味ですか？」

「蝶《ちょう》はアラリム＝カーの使いだから、吉兆《きっちょう》に決まってる。手袋《てぶくろ》は、見《み》た目《め》と中味《なかみ》がちがうって意味だね。」

正午《しょうご》を告《つ》げる鐘《かね》が鳴りひびくと、夢《ゆめ》とき師《し》は早口になった。

「あとひとつだけ。あたし、シバハーンというひとをさがしているんです。心あたりがありませんか？」

「さあ、そんな名前はきいたこともないね。」

夢とき師はぶっきらぼうにいうと、そそくさと席《せき》を立ち、奥《おく》へ入ってしまった。

ひとり残《のこ》されたファナは、がっかりするというより腹《はら》がたった。

（なにあれ、いいかげん！　あれが夢とき師なの？　あたしがあこがれてた夢とき師は、あんなんじゃない！　いったいアラリム＝カーはなにがよくって、あんなおばさんを選《えら》んだわけ？）

ファナは席を立ち、香《こう》のにおいでむせかえる部屋《へや》を出た。

（さっきのふたり組《ぐみ》がいってた、やたらと口のわるいばあさんって、いまのひとじゃないのかな。あたしはぜったい、あんな夢とき師にはならないわよ！）

口をとがらせて夢《ゆめ》とき堂《どう》を出たファナは、ついとそでをひかれた。ふりかえると、さっきの夢《ゆめ》とき師《し》の女が立っているではないか。

「あたしに、なんの用ですか？」

「しっ。」

女は、しわだらけの顔をよせてきた。

「あんたはなんだって、シバハーンをさがしているんだい？」

「それはいえません。カーの誓《ちか》いをたてたから。それに、心当《こころあ》たりがないっていったでしょ。」

「だれがきいてるかわからないから、ああいうしかなかったのさ。シバハーンの名は、ラルーサじゃご法度《はっと》だからね。」

ファナは夢とき師のブローチが、蝶《ちょう》のかたちをしているのに気づいた。

「てことは、おばさんはシバハーンを知ってるんですか？」

夢とき師はそれには答えず、しげしげとファナを見た。

「それにしても、ひどい顔色《かおいろ》じゃないか。泥《どろ》まんじゅうでも食べたのかい？　あんたがまともな食事をしてるっていうんなら、あたしゃリヤ川の水を飲みほしてみせるよ。」

ファナはお腹《なか》をなでた。考えてみれば、ラルーサについてから、毒入《どくい》りのお茶《ちゃ》しか口にしていない。

「あたしは夢《ゆめ》とき師《し》のウルガさ。ついといで。あたしは、昼食はたっぷり用意《ようい》するたちでね。食事ついでに、おしゃべりでもしようじゃないか。」

13

ウルガ

ウルガはすたすたと歩いて、レモンの木がしげる一角《いっかく》に入っていった。蜂蜜色《はちみついろ》の低《ひく》い家が、あちこちにある。ウルガは、そのうちのひとつにファナをまねきいれた。

「ここがあたしの家さ。」

家のなかはウルガが着ている服とおなじく、濃《こ》いオレンジ一色だった。天窓《てんまど》から入る光が、オレンジ色の壁《かべ》や敷物《しきもの》やクッションにさしこみ、陶製《とうせい》の食器《しょっき》をきらめかせている。

ウルガは敷物の上に、鍋《なべ》に入った煮物《にもの》や果物《くだもの》をいっぱいにならべた。

「遠慮《えんりょ》せずにお食べ。あたしのおすすめは、この川魚の煮物。ラルーサにはリヤ川の源《げん》流《りゅう》があってね、水がいいから、川魚でもくさみがないんだよ。昔《むかし》のひとは、その川を黄《よ》泉《み》の国との境《さかい》だと思っていたのさ。」

ウルガは川魚の姿煮《すがたに》を、うまそうに食べだした。ファナはお腹《なか》がからっぽなのに、食べもののにおいをかぐと胸《むね》がむかついた。

ウルガはファナのようすを見て、薬草茶《やくそうちゃ》をいれてくれた。

「苦《にが》いけど、飲んでごらん。」

びっくりするほどまずかったが、飲んでしばらくすると、むかつきがおさまってきた。

ウルガは指をしゃぶりながら、つぎつぎと料理をたいらげていく。

「夢《ゆめ》ときってのは体力がいるのさ。あたしはほかの連中《れんちゅう》とちがって、いいかげんな御託《ごたく》をならべてるんじゃないからね。」

「でも夢《ゆめ》とき師《し》はみんな、霊夢《れいむ》を見て選《えら》ばれたひとたちでしょう？」

ウルガは肩《かた》をすくめた。

「選ばれたって、せっかくの機会《きかい》をだめにするやつもいる。このあたしだって、アラリム＝カーのお役《やく》にたっているんだかどうか。でもまあ、なんにだって意味があるんだろうよ。アラリム＝カーの知恵《ちえ》は、マグレブの虚無《きょむ》より深いんだから。」

（なんだか夢《ゆめ》とき師《し》って、想像《そうぞう》してたのとちがうみたい。）

ファナは、気をとりなおしてきいてみた。

「シバハーンが夢とき師の導師《どうし》だっていうのは、ほんとうですか？」

ウルガはうなずいた。

「あたしもシバハーンの教えをうけたひとりだ。前の王さまは若《わか》くて美人のイソキナをおかかえにしようとしたが、シバハーンはそれをことわってニカヤを選《えら》んだのさ。」

「ニカヤ？」

「まじめな子でね。おもしろみはなかったが、王さまの夢とき師をつとめるだけの力はあった。あたしは上品《じょうひん》ぶった連中《れんちゅう》は好《す》かないから、宮廷《きゅうてい》づとめなんぞごめんだけどね。ニカヤは、うまくやってるようだった。でもアッシャー王が王位《おうい》につくと、問題《もんだい》が起きたのさ。」

「どんな？」

「メンハラー王は、けっしてサラの腕輪《うでわ》にふれるなと遺言《ゆいごん》を残《のこ》して、自分の墓《はか》にいっしょに埋《う》めさせた。ところがアッシャー王は、はめれば黄泉《よみ》の国に行けるという腕輪が、どうしても見たくなった。そこでニカヤが止めるのもきかずに、メンハラー王の墓《はか》をあばいて腕輪《うでわ》を掘《ほ》りだしたんだ。」

「腕輪をはめるだけで、黄泉《よみ》の国に行けるの？」

「もともと黄泉の国にあった腕輪だからね。だけど、よく考えてごらん。メンハラー王は黄泉の国からなにも持ちかえらないと、アラリム＝カーに誓《ちか》ったんだ。なのにサラ妃《ひ》をつれかえろうとして、腕輪を手に入れた。そんな腕輪に、アラリム＝カーのご加護《かご》があると思うかい？」

ファナは、首を横にふった。

「アッシャー王は腕輪をながめるだけで満足《まんぞく》していたが、ニカヤはアッシャー王の愛《あい》するひとが、若《わか》くして亡《な》くなる夢《ゆめ》を見たらしい。そうなれば、アッシャー王はそのひとを生きかえらせようとするにちがいない。サラの腕輪をはめて黄泉の国に行ったりすれば、二度ともどってはこられないってのに。ニカヤはそうなることをおそれて、腕輪を持って姿《すがた》をくらましちまったのさ。」

ファナは、ふと思った。そのニカヤというのは、もしかしたらアマンさんではないのだろうか。

「じゃあニカヤは、王さまを助《たす》けるために腕輪《うでわ》を盗《ぬす》んだのね。」

「そうだとも。だからシバハーンもニカヤをかばって、王さまをいさめたのさ。王さまは自分の非《ひ》をみとめないから、そもそもニカヤを王宮《おうきゅう》に入れたシバハーンがわるいってことになっちまった。」

「ひどい。王さまって、いいひとだと思ってたのに。」

「シバハーンをけむたがってる連中《れんちゅう》がいて、王さまをたきつけたんだよ。シバハーンは夢《ゆめ》とき師《し》が謝礼《しゃれい》をもらうことを禁《きん》じていたからね。あたしはシバハーンに味方《みかた》したかったが、つっぱりとおすだけの根性《こんじょう》がなかった。」

ウルガは肩《かた》を落とした。

「けっきょくシバハーンは神殿《しんでん》から追いだされて、ニカヤの後釜《あとがま》にすわったのがイソキナだ。あたしゃ、はじめからわかってたよ。イソキナは、ほしいものはかならず手に入れる女だってね。」

ウルガは楊枝《ようじ》で歯《は》をせせった。

「シバハーンがいなくなって、ラルーサは地に落ちた。まともな導師《どうし》はいないし、夢《ゆめ》とき師《し》は修行《しゅぎょう》より金もうけにいそがしい。アラリム＝カーの慈悲《じひ》に変《か》わりはなくても、人間は神《かみ》に背《せ》をむけてるってわけさ。」

「ニカヤって、いくつくらいのひとですか？」

「あたしより若かったから、いま四十七、八ってとこかね。」

だったら、アマンさんとおなじ年ごろだ。

（やっぱりアマンは偽名《ぎめい》で、アマンさんはニカヤだって気がする。なんてことだろう。アマンさんは、王さまの夢《ゆめ》とき師《し》だったんだ！）

「シバハーンは王家《おうけ》にたてついた罪人《ざいにん》になっちまった。かりにも導師《どうし》だから、殺《ころ》されずにすんじゃいるがね。」

「で、シバハーンはいまどこにいるんですか？」

ウルガは、じろりとファナを見た。

「それをきいて、どうするんだい？　シバハーンに会ったって、どうにもなりゃしないよ。あんたは真実《しんじつ》をもとめてラルーサにきたといった。ことの次第《しだい》をきいて、気がすんだだろう。わるいことはいわないから、さっさと家に帰るんだ。また毒《どく》でも飲まされて、死ぬような目にあいたいのかい？」

「なんで、そのことを知ってるの？」

ファナはぎょっとして、あとずさった。ひょっとして、ウルガもセザたちの仲間《なかま》なのだろうか？

「おちつきな。あんたの顔色《かおいろ》と、夢《ゆめ》の話をきけば見当《けんとう》はつく。あんたはニカヤの知り合いだったんだろう。そしてニカヤは死んだ。ちがうかい？」

ファナがうなずくと、ウルガは深いため息をついた。

「いいかい、夢《ゆめ》とき師《し》のいうことはきくもんだ。ニカヤのことはわすれて、しあわせにおなり。」

「わすれろ？　ニカヤさんは、なんにもわるいことをしていないのに殺《ころ》されたのよ。わすれろなんて、よくもそんなことがいえるわね！」

ファナはかっとして、立ちあがった。

「もういい。教えてくれなくたって、あたし、自分でシバハーンを見つけてみせるから！」

出ていこうとするファナの腕《うで》を、ニカヤがつかんだ。

「お待《ま》ち！　まったく、きかん気《き》な娘《むすめ》だね。あたしは、客を手ぶらで帰らせたことなんぞないんだよ。」

食べものやお茶《ちゃ》を手わたしながら、ウルガはいった。

「シバハーンの居場所《いばしょ》は、教えられない決まりなんだ。そのかわりに、さっきの夢《ゆめ》ときのつづきをしてあげよう。あんたは夢で、ひき手がいないのに鳴る竪琴《たてごと》を見たといったね。それは昔は栄《さか》えていたのに、いまはさびれている場所という意味さ。」

「そこに、シバハーンがいるのね？」

「とにかくファナ、あんたにアラリム＝カーのおみちびきがあるように。」

ウルガはそういって、ファナを送りだした。

14

神殿《しんでん》あと

ファナはウルガの家を出て、腕《うで》を組《く》んだ。

（さあて、どっちへ行こう。昔は栄《さか》えていたのに、いまはさびれているところをさがさなくっちゃ。ラルーサに、そんなところがあるのかな？）

とりあえず歩きはじめると、水の音がひびいてくるのに気がついた。音にひかれて行くと、緑のしたたる岩場《いわば》から落ちる滝《たき》に出た。滝の前ではひとびとが列《れつ》をなし、順番《じゅんばん》に滝に打《う》たれている。

「これ、なにをやってるんですか？」

ファナは、列にならんでいる若《わか》い女に声をかけた。

「ここは『夢《ゆめ》たがえの滝《たき》』よ。わるい夢を流して、吉夢《きちむ》に変《か》えるの。」

「せっかくさずかった夢を、変えちゃうの？」

「アラリム＝カーのご忠告《ちゅうこく》は、ちゃんと胸《むね》にきざんだもの。どうせなら、いい気分《きぶん》で帰りたいじゃない。」

若《わか》い女はけろりとして、陽気《ようき》にいった。

（いい気分で帰りたい、か。あたしもそうしたいけど。）

ファナは滝《たき》をはなれ、川ぞいの道を歩きはじめた。

「お嬢《じょう》ちゃん、どこへ行くのかね。」

夢たがえをすませた老人《ろうじん》が、声をかけてきた。

「ラルーサの街《まち》だったら、反対《はんたい》の方角《ほうがく》じゃ。そっちは山奥《やまおく》の神殿《しんでん》あとに通《つう》じる道でな。世捨《よす》て人《びと》でもなきゃ、だれも行かんところだて。」

老人に礼《れい》をいったファナは、ふと考えた。

（神殿あと。昔《むかし》は神殿があったのに、いまはさびれてるってことよね。シバハーンは、もしかしたらそこにいるのかも。）

ファナは神殿《しんでん》あとまで行ってみることにした。道は清流《せいりゅう》に沿《そ》うようにしてつづいている。老人《ろうじん》がいったとおり、ファナのほかにその道を通るものはいなかった。水は澄《す》み、川底《かわぞこ》の岩場《いわば》がすけて見える。ファナは何度《なんど》か、銀色《ぎんいろ》の魚の背《せ》が光るのを見た。

鳥の声をきき、ファナはなだらかなのぼり坂《ざか》を元気よく進んでいった。ところが道はしだいにほそくけわしくなり、休み休みでなければ、のぼるのがむずかしくなった。おまけに、道と山の斜面《しゃめん》の見わけがつかなくなってきた。

ファナは立ちどまって、とほうにくれた。このまま歩きつづけたら、だれもいない山中で迷子《まいご》になってしまう。

もどろうか、どうしようかとうろうろしていると、足をすべらせて斜面をすべりおちてしまった。ばきばきと枝《えだ》が折《お》れ、ファナはいやというほど、ひざをすりむいた。

「いったあい！　もうやだ！　やだやだ！」

ファナは、しゃがみこんで泣きだした。

（神殿あとに行ったって、シバハーンがいるとはかぎらない。けっきょくなにひとつ、思いどおりにはならないんだ。）

ファナはほえるように、おんおんと泣《な》いた。心細《こころぼそ》さとくやしさで、涙《なみだ》はいくらでもわいてきた。

(あーあ、どうしてこんなつらい目にあうんだろ。)

ファナは、おばあちゃんがいっていたことを思いだした。

『ファナ、つらいことっていうのはね、乗りこえたときに、強さと喜びをあたえてくれるものなんだよ。』

(おばあちゃん、あたし、乗りこえられる?)

おばあちゃんが、背中《せなか》をさすってくれた気がした。

『もちろんだとも。昔《むかし》は栄《さか》えていて、いまはさびれたところって意味の竪琴《たてごと》も、アマンさんが見せてくれたんじゃないか。そこへ行けってことなんだよ。ファナ、夢《ゆめ》を信《しん》じなきゃ。』

ファナは鼻をすすって立ちあがった。

足をひきずって歩きだすと、黄色いものがぱっと目に飛《と》びこんできた。めずらしい黄色の花が咲《さ》きみだれている。

ファナが近よると、花はいっせいに空に舞《ま》いあがった！

それは花ではなく、無数《むすう》の蝶《ちょう》だったのだ。

蝶たちが舞《ま》いおりて、羽を休める。するとそこは、ふたたび花畑《はなばたけ》に姿《すがた》を変《か》えた。ファナは奇跡《きせき》を見たような思いで、そこに立ちつくした。

蝶たちはなにもいわないが、ファナは、このまま進めとはげまされた気がした。まわり道をしてもとの場所に出ると、そのまま山頂《さんちょう》をめざして歩きつづける。

日暮《ひぐ》れまぢか、ファナはようやく神殿《しんでん》あとにたどりついた。

岩山《いわやま》のきりたった崖《がけ》に埋《う》めこまれるようにして、くずれかけた神殿の入口がそびえていた。太い円柱《えんちゅう》はかたむいており、彫像《ちょうぞう》は横《よこ》だおしになっている。すっかりさびれて、ものがなしいようすだ。

入口近くの岩に、ぼろをまとった、ぼさぼさの白髪《しらが》の老人《ろうじん》がすわっていた。

「すみません！　ここって神殿あとですよね。ここにシバハーンさんはいますか？」

ファナが声をかけても、大柄《おおがら》な老人は顔をあげようとしなかった。近よったファナは、ぷーんといやなにおいがするのに気づいた。

老人《ろうじん》の顔は赤かった。どうやら、したたかに酔《よ》っぱらっているようだ。

「すみません！　だれかいます？」

ファナは酔っぱらいの老人にかまわず、神殿《しんでん》のなかをのぞいた。

広い空間《くうかん》はがらんどうで、ならんだ円柱《えんちゅう》のそこかしこに、酒瓶《さかびん》やよごれた鍋《なべ》がころがっている。ひびの入った壁《かべ》には壁画《へきが》が残《のこ》っていたが、どう見ても、りっぱな導師《どうし》が住んでいるとは思えない。

ファナは老人のもとにひきかえした。

「あの、あたし、シバハーンさんをさがしてるんですけど。」

「そんなやつは知らん。帰れ！」

くたくただったファナは、むっとした。

「あのね、酔っぱらいに帰れとかいわれたくないいんだけど。もう陽《ひ》も落ちるのに、いまから帰れるわけがないでしょ！」

老人は、げっぷをした。

「酒《さけ》を持ってるか？」

「持ってません！」

ファナはまた神殿《しんでん》あとにもどり、ランタンを見つけて火をつけた。水瓶《みずがめ》に残《のこ》っていた水をくみ、かまどでお湯をわかす。

夢《ゆめ》とき師《し》のウルガからもらったパンを食べていると、老人《ろうじん》がのっそりと入ってきた。

ファナが使っていた湯のみをつかみ、ぐいと飲みほす。

老人は、ぺっと中味《なかみ》を吐《は》きだした。

「なんだ、これは！」

「もらった、まずいお茶《ちゃ》。」

「酒《さけ》はないのか。」

老人はしわがれた声でいった。口ひげの先から、お茶がぽたぽた垂《た》れている。

「知るわけないでしょ。ここ、あたしの家じゃないもの。」

「口のへらない娘《むすめ》だ。」

「酔《よ》っぱらいの年寄《としよ》りより、ましよ。それよりシバハーンさんがどこにいるか知らない？」

老人《ろうじん》は、どすっとすわりこんだ。

「老《お》いぼれの罪人《ざいにん》に、どんな用だ。」

「いえない。シバハーンさん以外《いがい》にはいわないって、カーの誓《ちか》いをたてたの。」

「そりゃまた、ごたいそうだな。」

老人《ろうじん》はしょうこりもなくお茶《ちゃ》を飲んで、またむせた。

「ウルガさんがくれたお茶よ。むかしシバハーンの教《おし》え子《ご》だったたって。」

「あのババア、まだ生きておったか。」

「ウルガさんを知ってるの？」

「知らん。」

「じゃあ、どうしてババアだってわかるのよ。」

「ここをおまえに教えたのは、ウルガか？」

「おじいさんに関係《かんけい》ないでしょ。」

ファナは荷物にもたれて、足をもんだ。

「おまえ、名はなんという。」

「ファナ。」

「ハナ？」

「ファナ！」

老人《ろうじん》は、鼻をこすった。

「親《した》しかったのか？」

「だれと？」

「わしの、古い友人とだ。ずいぶんと前に、夢《ゆめ》をさずかったことがある。古い友人が毛《け》虫《むし》を使って、便《たよ》りをよこすとな。」

「あたしが毛虫だっていいたいの？」

「毛虫のなにがわるい。いずれ蝶《ちょう》になるかもしれんのだぞ。まあ、鳥に食《く》われて終《お》わりかもしれんが。」

ファナは、うさんくさげに老人を見かえした。

「まさか、あなたがシバハーンさんじゃないわよね？」

「そういう名だったことも、あるかもしれん。いまは名もない老《お》いぼれだ。」

「はっきりしてもらわないとこまるの。さっきもいったけど、カーの誓《ちか》いをたててるんだから。」

「わかったわかった。アラリム＝カーの七色の羽にかけて、わしがシバハーンだ。」

（やだ。ほんとに？　アマンさんは、りっぱなひとだっていってたのに。）

ファナはすわりなおしたが、シバハーンだという老人《ろうじん》は、ぼりぼりと背中《せなか》をかいている。

「あたしはアマンさんに頼《たの》まれて、あるものをとどけにきたんです。アマンさんはうちの近くで、ひとり暮《ぐ》らしをしていました。村にきたのは一年前で、アマンっていうのも偽名《ぎめい》かもしれないけど。もの静《しず》かでやさしいひとだった。」

やさしいひとだった。

そういったことで、アマンさんがもういないのだということが、あらためて身にしみた。

「アマンさんは霊夢《れいむ》を見てタジ村にきたんです。祠《ほこら》の前で白いスカーフのひとに会ったら、腕輪《うでわ》をわたすようにいわれて。うそみたいだけど、その白いスカーフのひとっていうのが、あたしだった。だからアマンさんはあたしに、ラルーサに行ってあなたに腕輪《うでわ》をわたすようにいったんです。」

シバハーンは「腕輪」という言葉をきいても、表情《ひょうじょう》を変《か》えなかった。充血《じゅうけつ》した目で、ぼんやり床《ゆか》をながめている。

「あたしが腕輪をあずかってすぐ、アマンさんの家が火事《かじ》になりました。赤い鎧《よろい》の騎士《きし》が三人やってきて、アマンさんを殺《ころ》して火をつけたの。」

あかあかとした炎《ほのお》の記憶《きおく》がよみがえり、ファナは声をふるわせた。

「男たちは、腕輪をさがしているみたいだった。だからあたしは村を出て、ひとりでラルーサにきたんです。」

顔をあげると、老人《ろうじん》がファナを見つめていた。

「腕輪はどうなった?」

「ラルーサについてから、セザって男に盗《と》られました。きっとあいつは、三人の騎士のひとりだったのよ。」

「盗られた?」

「シバハーンに会わせるっていうから、だまされちゃって。」

「腕輪《うでわ》を盗《と》られた。そいつはけっこうだ。」

「なにがけっこうなの？」

老人《ろうじん》を見て、ファナはあきれた。なんと、ごろりと横になって目をつむったのだ。

「ちょっと、まだ話の途中《とちゅう》だってば！」

ファナは老人をゆすったが、老人はそのままいびきをかきだした。

（ああっ、もう、信《しん》じられない！　アラリム＝カーさま、なんでこんなひとがシバハーンなの？）

15

思いがけない客

一夜明《いちやあ》けてファナが目をさますと、シバハーンはもう起きていた。

顔を洗《あら》って髪《かみ》をたばねたらしい。きのうより、いくらかましなようすになっていた。

ファナが持ってきた食べものを勝手《かって》に出して、食事のしたくをしている。寝《ね》すごしたらしく、陽《ひ》はもう高かった。

「これを食《く》ったら、山をおりろ。」

シバハーンは、ぶっきらぼうにいった。

「どのみち腕輪《うでわ》はなくなったのだから、みんなわすれてしまえ。」

「アマンさんのこともわすれろっていうの？　アマンさんは、あの腕輪《うでわ》のせいで殺されたのよ！」

「サラの腕輪《うでわ》は、黄泉《よみ》の国から持ちかえったもの。もともと、この世《よ》にあってはならんものなのだ。ぜったいに封印《ふういん》をとくなといったのに、王はきく耳をもたなかった。」

シバハーンは、ぎろりと目をむいた。

「ニカヤが腕輪を持ちだしたのも、王の命《いのち》を守りたい一心《いっしん》だったろう。あのバカ王には、それがわからんのだ。」

「王さまが、ニカヤさんを殺《ころ》させたの？」

「ニカヤが死んだのは王のせいではない。ニカヤを殺したのは、このわしだ。まっすぐな人間を、ねじくれた王宮《おうきゅう》に行かせたらどうなるか。そんなこともわからなかった、最《さい》低《てい》のどあほうのせいだ！」

シバハーンはこぶしをかためて、どんと床《ゆか》をたたいた。目のふちが赤らみ、うるんでいる。

「腕輪がどうなろうと、わしの知ったことではない。話は終《お》わりだ。帰れ。」

シバハーンはごろりと横になって、背《せ》をむけてしまった。

(これでおしまい？　ほんとうに？)

ファナは納得《なっとく》がいかなかった。ようやくシバハーンをさがしあてたというのに、なにもかもむだだったのだろうか。

(このまま帰れっていうの？　けっきょくあたしは腕輪《うでわ》を盗《と》られるために、ラルーサまできたってこと？)

ファナはくちびるをかみしめて、荷物をまとめた。「じゃあ、さようなら」と声をかけても、シバハーンは動きもしない。

(まったく、どこがりっぱなひとなのよ。)

けれど外へ出ると、とんでもない男がそこにいた。

セザ！

ファナから腕輪を奪《うば》った若者《わかもの》だ。黒ずくめの騎士《きし》のいでたちで、宝石《ほうせき》のついたベルトに剣《けん》をさしている。ファナは悲鳴《ひめい》をあげて神殿《しんでん》に飛《と》びこんだ。

「なんだ、そうぞうしい。」

「たいへん！　腕輪を盗った男がいる！　あたしたちを殺《ころ》すつもりよ！」

シバハーンはあわてるようすもなく、そのまま寝《ね》ころがっている。セザは神殿《しんでん》あとに入ってきて、ファナにひややかな目をむけた。

「あきれた娘《むすめ》だ。まだラルーサにいたのか。」

「あたしを殺《ころ》しにきたのね！」

「おまえなどに用はない。」

セザは、うやうやしく片《かた》ひざをついた。

「シバハーン導師《どうし》。」

「うせろ。酒《さけ》のさしいれでないなら、客はいらん。」

「シバハーン、この男がアマンさんを殺したのよ！」

「わたしは女を手にかけたことはない。」

「うそつき！　あんたはアマンさんを殺して、火をつけたのよ！」

「アマンと名のっていた女は、おのれの罪《つみ》を恥《は》じて死んだのだ。」

「ひとでなしっ！」

ファナは鍋《なべ》を投《な》げつけたが、セザはすっと身《み》をかわした。鍋がはでな音をたてて、床《ゆか》をころがる。

シババーンはげんなりして、ため息をついた。

「腕輪《うでわ》をとりもどしたのなら、用はなかろう。」

「導師《どうし》。わたしはセイザム・デル・アスマール。アッシャー王の近衛騎士《このえきし》です。」

「は。王の取《と》り巻《ま》きか。」

「わたしは王命《おうめい》により、奪《うば》われたサラの腕輪をさがしておりました。サイラス卿騎士団《きょうきしだん》が先《さき》んじてニカヤを見つけましたが、ニカヤはみずから命《いのち》を絶《た》ち、腕輪は見つかりませんでした。わたしはニカヤのいた村におもむき、彼女《かのじょ》と親《した》しかった娘《むすめ》がラルーサに発《た》ったのを知ったのです。」

「まさか、あたしの家族になにもしなかったでしょうね！」

ファナは血相《けっそう》を変《か》えたが、セザは見むきもしない。

「わたしは娘を追って、サラの腕輪をとりもどしました。ですがその腕輪は、にせものだったのです。」

「よくしゃべる男だ。」

シバハーンはあくびをした。

「腕輪《うでわ》がにせものだって、どうしてわかるのよ！」

セザは、ファナを無視《むし》して答えた。

「サイラス卿騎士団《きょうきしだん》がふたたびタジ村におもむき、腕輪をさがしだしたのです。アラリム＝カーの祠《ほこら》に埋《う》めてあったというのですが。」

（祠に？）

「導師《どうし》。王妃《おうひ》のご病気《びょうき》のことはご存《ぞん》じでしょうか。」

「病気だと？」とシバハーンの顔がくもる。

「じつは病《やまい》とは表《おもて》むきで、王妃はお亡《な》くなりになったのです。」

「ええっ！」

ファナはぎょうてんした。シバハーンも、ようやくからだを起こす。

「ニカヤの夢《ゆめ》ときで、予想《よそう》はしていたが。なにが原因《げんいん》だ。暗殺《あんさつ》か？」

「いえ。お休みになられていて、とつぜん亡くなられたのです。宮廷医《きゅうていい》は信用《しんよう》できる人間ですし、毒殺《どくさつ》とは思えません。」

「なんにせよ、おいたわしいことだ。」

「王妃《おうひ》が亡《な》くなられたのは五日前。ご遺体《いたい》は薬草《やくそう》と氷につつまれて王宮《おうきゅう》の地下《ちか》に眠《ねむ》っております。サラの腕輪《うでわ》をとりもどされた王は、黄泉《よみ》の国にむかわれました。ロザリン妃《ひ》と、お生まれになる王子を救《すく》いだすために。」

「黄泉の国だと？　バカ王が！　死人《しにん》を生きかえらせることができると、まだ思っているのか？」

「おひかえを。」

セザの瞳《ひとみ》が、危険《きけん》な色をおびた。

「導師《どうし》といえど、そのような不敬《ふけい》な発言《はつげん》はゆるせません。王は、とても愛情《あいじょう》ぶかい方。わたしは幼《おさな》いときからおそばにいて、よく存《ぞん》じているのです。ロザリン妃とも楽園《らくえん》のオシドリのごとく……。」

「言葉を飾《かざ》っとる場合か。それで、王はどうなった？」

「ふた晩《ばん》がすぎても、王はまだおめざめになりません。お顔の色は死人《しにん》のように青ざめ、いまにも亡《な》くなられそうなのです。なにより腕《うで》の肉《にく》がくさりはじめ、とても見ていることができません。」

セザは耐《た》えられないように、うつむいた。

「宮廷医《きゅうていい》はなすすべもなく、かといって、腕輪《うでわ》をはずすこともできません。はずせば王の命《いのち》はないと、イソキナさまがおっしゃっているのです。しかし導師《どうし》は、ならぶことなき力の持ち主《もぬし》。どうかいますぐ、王都《おうと》にご同行《どうこう》ねがいたく。」

「王さまは死にかけてるのね。そんなことにならないように、アマンさんが腕輪をもちだしたのに。」

ファナは声をつまらせた。

「アマンさんがかわいそう。王さまを助《たす》けようとしたのに、サイラス卿《きょう》の騎士《きし》たちに殺《ころ》されるなんて。」

「そんなはずはない。王は、腕輪をかえせば罪《つみ》には問《と》わぬとのおおせだった。サイラス卿騎士団《きょうきしだん》が王命《おうめい》にそむくはずは……。」

「ちょっと待《ま》て。」

シバハーンが、おもむろにセザを制《せい》した。

「この娘《むすめ》からとりあげたという腕輪《うでわ》を、まだ持っているか？」

セザがふところからとりだした腕輪をつかむと、シバハーンはそれを陽《ひ》にかざした。

「みごとな細工《さいく》だ。金色の光が、炎《ほのお》のように立ちのぼっているのが見えぬか？　これはまさしく、サラの腕輪。」

「まさか！」

「やっぱり！」

セザとファナは、同時に声をあげた。

「ですが導師《どうし》。これがほんものなら、いま王がはめていらっしゃる腕輪は、なんだというのです？」

「王は、どちらの腕に腕輪をはめている？」

「左腕です。イソキナさまがそのようにおっしゃったので。」

「ふん！」

シバハーンは仁王立《におうだ》ちになって、目をむいた。

「それではっきりした。王がはめているのは、マグレブの腕輪だ！」

16

陰《いん》謀《ぼう》

「マグレブの腕輪《うでわ》？」

名前をきいただけで、ファナはいやな予感《よかん》がした。

「導師《どうし》、それはいったい？」とセザ。

「サラ王妃《おうひ》は両腕《りょううで》にヘビの腕輪をはめておられた。メンハラー王が手に入れたのは右腕《みぎうで》の腕輪で、それがサラの腕輪とよばれている。左腕《ひだりうで》の腕輪は、王妃を黄泉《よみ》の国にひきもどしたマグレブの手中《しゅちゅう》に落ちたのだ。どちらの腕輪も、生きた人間を黄泉の国へ入《い》れる力を持っている。ただマグレブの腕輪をはめれば、二度と黄泉の国を出ることはかなわんのだ。」

セザの顔が、みるみる青ざめた。

「あやまって、王におぞましい腕輪《うでわ》がはめられたとおっしゃるので？」

「腕輪を見つけたのは、サイラス卿騎士団《きょうきしだん》だといっていたな。」

「そうです。わたしがこの娘《むすめ》から腕輪をとりもどしたとき、サラの腕輪が見つかったという知らせがとどきました。だからてっきり、この腕輪はにせものだと思ってしまったのです。」

「サイラス卿がいつわりの報告《ほうこく》をしたのだな。王子が生まれれば、サイラス卿は王位継承権《おういけいしょうけん》をうしなう。あの男の野心《やしん》には気をつけろと、王にはいっておいたのだが。」

「しかし王は、サイラス卿をあつく信頼《しんらい》しておられました。」

シバハーンは足をふみならした。

「愚《おろ》かな！　身重《みおも》の王妃《おうひ》は亡《な》くなり、王もこのまま死ぬだろう。王は王妃のために黄泉《よみ》の国に行き、みずからを死に追いやった。となればサイラス卿は、大手《おおで》をふって王座《おうざ》につくことができる。その筋書《すじが》きに、イソキナも手を貸《か》したということだ。」

シバハーンの言葉に、ファナはおどろいた。

「イソキナがサイラス卿《きょう》とぐるだっていうの？　イソキナは、王さまの夢《ゆめ》とき師《し》なのに！」

「イソキナなら、ふたつの腕輪《うでわ》のちがいに気づかぬはずがない！　左腕《ひだりうで》にはめさせたというのが、なによりの証拠《しょうこ》だ。」

「しかしイソキナは、サイラス卿とは犬猿《けんえん》の仲《なか》ですぞ」とセザがいった。

「そう見せかけることなど、イソキナには屁《へ》でもあるまい。」

「でもマグレブの腕輪は、いったいどこから出てきたの？」

「おそらくイソキナがマグレブから手に入れたのだろう。」

「マグレブから？」

ファナは、びっくりしてシバハーンを見た。

「だって、そんなのおかしいじゃない！　イソキナはアラリム＝カーに選《えら》ばれた夢《ゆめ》とき師《し》なのに！」

「すぐれた夢とき師ほど、闇《やみ》の力の誘惑《ゆうわく》は大きい。」

「では導師《どうし》は、前からうたがっておられたのですか？」

「ラルーサにやってきたとき、イソキナはおまえとおなじ年ごろだった。」

シバハーンはファナを見て、ほろ苦《にが》い顔になった。

「修行《しゅぎょう》がはじまると、だれよりも熱心《ねっしん》で優秀《ゆうしゅう》なのがわかった。おまけに見てくれもよいので、前王もひと目で気にいった。しかしわしは、イソキナを信用《しんよう》することができなかった。」

「どうして？」

「自信《じしん》をもつのはよいことだが、イソキナは傲慢《ごうまん》だったからだ。うまくとりつくろって、かくしてはいたがな。傲慢な人間は、たやすくマグレブにとりこまれる。それにわしは、気になる夢を見た。イソキナが猿《さる》をつれ歩いている夢で、猿は黒い果実《かじつ》をかじっていた。わしの夢《ゆめ》ときでは、それは闇《やみ》につながれているという意味だ。」

「しっ。」

セザが、ひとさし指をあげた。

「だれかくる。」

セザは、さっと扉《とびら》のかげに身《み》をよせた。ファナも横から首をのばして、外をうかがう。

三人の騎士《きし》が道をのぼってきた。騎士たちは、血《ち》のように赤い鎧《よろい》をまとっている。

(サイラス卿騎士団《きょうきしだん》!)

セザはファナとシバハーンにかくれるよう合図《あいず》した。けれどファナは、男たちから目をそらすことができなかった。年かさの男に、若《わか》い騎士がふたり。三人とも屈強《くっきょう》で、ふてぶてしい顔をしている。

「シバハーンどのは、おられるか。」

ききおぼえのある声がした。

「アマンさんを殺《ころ》した男たちよ!」

ファナがあえぐようにいうと、セザの顔が一段《いちだん》ときびしくなった。

返事《へんじ》がないので、騎士たちは顔を見かわし、馬をおりた。その手には、赤い手袋《てぶくろ》がはめられていた。

17

イソキナ

王都《おうと》ミネヴァは霧雨《きりさめ》につつまれていた。

百をこえる塔《とう》や丸屋根《まるやね》はぬれそぼり、灰色《はいいろ》の雲《くも》が空をおおっている。

白亜《はくあ》の王宮《おうきゅう》の一室では、イソキナが鏡《かがみ》にむかって金色の髪《かみ》をすいていた。鏡の枠《わく》は純《じゅん》金《きん》で、色とりどりの宝石《ほうせき》で飾《かざ》られている。なんとも豪華《ごうか》だが、ちりばめられた宝石が、あやしげな顔のように見えなくもない。

イソキナの肌《はだ》はつややかで、しわひとつなかった。王の夢《ゆめ》とき師《し》は緑色《みどりいろ》の目をほそめ、自分の美《び》にほころびがないかたしかめている。

部屋《へや》の戸口《とぐち》で、絵のような光景《こうけい》に見入っている男がいた。イソキナは赤い髪の男に気づいて、妖《あや》しい笑《え》みをうかべた。

「なにを見ていらっしゃるのです、サイラス卿《きょう》？」

「金色にかがやく滝《たき》をながめているのだよ、イソキナ。」

サイラス卿は用心《ようじん》ぶかく扉《とびら》をしめ、イソキナの肩《かた》を抱《だ》いた。

「おまえのような女をきらっていると信《しん》じこませるのは、さすがのわたしでも骨《ほね》が折《お》れる。それも、あと少しの辛抱《しんぼう》だが。」

「ご油断《ゆだん》なされぬよう。なにごとも仕上《しあ》げが肝心《かんじん》ですもの。わたしの部屋《へや》にいらっしゃるのは、まだお気が早いのでは？」

「王があのような状態《じょうたい》なのに、夢《ゆめ》とき師《し》と相談《そうだん》もしないのは、かえって不自然《ふしぜん》だろう。はじめはまどろっこしいと思ったが、やはり王を黄泉《よみ》に行かせたのはいい手だった。王《おう》妃《ひ》につづいて王も病死《びょうし》したとなれば、いやでもわたしがうたがわれる。」

「ですが王妃が死んだとき、あなたをうたがうものはおりませんでしたわ。」

「それもこれも、若《わか》くて愚《おろ》かな王のおかげ。」

「あら。わたしのおかげといっていただきたいわ。王妃のいまわのきわの顔を、ごらんになりましたでしょう？」

「ああ。」

サイラス卿《きょう》の顔が、かすかにくもった。

「死にいたる悪夢《あくむ》など、見たくないものだ。しかしあの腕輪《うでわ》は、ほんとうにマグレブからもらったのか？」

「王妃《おうひ》の命《いのち》とひきかえに、借《か》りたのです。あとでサラの腕輪ともども、かえせばよいのですわ。」

サイラス卿はおちつかなげに、あたりをうかがった。イソキナは魅力的《みりょくてき》なからだの曲線《きょくせん》を見せつけるように、腰《こし》をひねった。

「まあ、まだおそれていらっしゃるの？　マグレブがどれほどの富《とみ》と権力《けんりょく》をさずけてくださるか、よくお考えになって。夢《ゆめ》とき師《し》は堕落《だらく》し、アラリム＝カーの力は弱まっています。ニカヤが死んだのが、なによりの証拠《しょうこ》。アラリム＝カーを信《しん》じるものたちには、なんの力もないのです。」

イソキナに甘《あま》い息をふきかけられ、サイラス卿はまばたきをした。

「ああ、そのとおりだ。」

「礼拝所《れいはいじょ》に行かれるとよろしいわ。王の無事《ぶじ》を祈《いの》るようすを、みなに見せておかないと。」

サイラス卿《きょう》の瞳《ひとみ》をのぞきこんで、イソキナはささやいた。サイラス卿はあやつり人形《にんぎょう》のようなぎこちない歩き方で、部屋《へや》を出ていった。

イソキナは片《かた》まゆをあげて、そのうしろを見おくった。

(ばかな男！　愚《おろ》かな人間のつねで、自分は賢《かしこ》いと思っている。ああいう男をあやつるのは、たやすいこと。いちばんやっかいなのは、自分の賢さに気づいていない人間だ。ロザリン妃《ひ》のように。)

イソキナはふりむいて、鏡《かがみ》をのぞきこんだ。息をふきかけると、鏡がくもってイソキナの姿《すがた》が消えた。かわりにあらわれたのは、青ざめた顔のアッシャー王だ。

「望《のぞ》みどおり黄泉《よみ》の国に行けて、よかったこと。王妃とおままごとをしているがいいわ。永遠《えいえん》にね。」

王の姿《すがた》は煙《けむり》のように消え、鏡はまたイソキナをうつしだした。

イソキナはせいせいしたように、窓《まど》をあけた。なまあたたかい風が、金色の髪《かみ》にからまる。

（まずはサイラス卿《きょう》を王位《おうい》につけ、せいぜい甘《あま》い夢を見せてやろう。騎士団《きしだん》を味方《みかた》にしたら、あの男は始末《しまつ》する。落馬《らくば》させて、首の骨《ほね》を折《お》るのがいい。そしてわたしは、この国ではじめての女王になる。）

国を手中《しゅちゅう》におさめる道すじは、入念《にゅうねん》に考えてあった。重臣《じゅうしん》たちそれぞれの欲《よく》や弱みは、すべて頭に入っている。

（わたしの夢ときはすべてを見とおし、異国《いこく》の王たちも財宝《ざいほう》をつんで、知恵《ちえ》を借《か》りようとするだろう。ひとびとはアラリム＝カーをわすれてわたしをあがめるのだ。そう、わたしはあの四《よ》つ辻《つじ》で生まれかわった。アラリム＝カーなどおそれはしない。）

ラルーサの神殿《しんでん》を破壊《はかい》し、夢《ゆめ》とき師《し》はひとり残《のこ》らず殺《ころ》すつもりだった。自分のほかに、夢ときができるものは必要《ひつよう》ない。

唯一《ゆいいつ》やっかいなのは、シバハーンだった。そのシバハーンも、いまごろサイラス卿騎《きょうき》士団《しだん》の手にかかっているだろう。お気に入りだったニカヤのように。

イソキナは窓《まど》から白い腕《うで》をのばし、手のひらに雨粒《あまつぶ》をうけた。

手の上に、ネズミほどの大きさのシバハーンがあらわれた。シバハーンはぱくぱくと口をあけ、苦《くる》しそうに身《み》をよじっている。

のたうつさまを楽しむと、イソキナはシバハーンを壁《かべ》にたたきつけた。ぱしっと音を立て、シバハーンはこまかな水滴《すいてき》になってはじけ飛《と》んだ。

イソキナは声をたてて笑《わら》った。

遊んでいる子どものように、無邪気《むじゃき》な顔で。

18

悪魔《あくま》の顔

三人の騎士《きし》のひとりが、神殿《しんでん》あとにむかって声をあげた。

「シバハーンどの、出てこられよ。王宮《おうきゅう》からの使いでまいったのだ。」

騎士たちの前に姿《すがた》をあらわしたのは、セザだった。

「これは、近衛騎士《このえきし》のセザどのではないか。なぜ王のおそばをはなれて、このようなところに？」

年かさの騎士が、鼻にかかった声をだした。

「おたずねしたいのは、こちらのほうだ。サイラス卿《きょう》の騎士が、シバハーン導師《どうし》にどんな御用《ごよう》であろうか。」

「いやなに、王のごようすをサイラス卿がご案《あん》じなされてな。卿《きょう》がイソキナさまを信用《しんよう》しておられぬことは、貴殿《きでん》もよくご存《ぞん》じであろう。そこで、シバハーン導師《どうし》に御助言《ごじょげん》をたまわりにきた次第《しだい》。」

「ではひと足ちがいでございましたな。わたしもおなじ目的《もくてき》でまいったのですが、シバハーンどのはいらっしゃいませんでした。神殿《しんでん》あとにいるといううわさをたよりにきたのですが、どうも見当《けんとう》ちがいだったようで。」

「なるほど。しかし念《ねん》のため、なかをあらためさせていただこう。こちらも、子どもの使いではないのでな。」

「近衛騎士《このえきし》の言葉が、信用《しんよう》できぬとでも？」

セザは、剣《けん》のつかに手をかけた。三人の騎士が、すばやく目をかわす。

「かまわぬ」と、年かさの男がいった。

「どのみち始末《しまつ》する男だ。導師の道づれになってもらおう。」

「では、わたしが。」

体格《たいかく》のいい、若《わか》い騎士が前に出た。ほっそりしたセザを、ばかにしたように見ている。

「なめてかかるなよ。女のような顔をしているが、近衛騎士団《このえきしだん》きっての使い手《つかいて》だそうだからな。」

年かさの騎士がいいおわる前に、セザの剣《けん》がきらめいていた。油断《ゆだん》していた騎士のベルトがすぱっと切れて、短剣《たんけん》もろとも地面に落ちる。若《わか》い騎士は目をむくと、重たげな長剣《ちょうけん》を抜《ぬ》きはなった。

「おのれ。へっぴり腰《ごし》の近衛騎士など、われらの敵《てき》ではないわ！」

若い騎士が、セザにおそいかかった。セザは優美《ゆうび》な長剣をあやつり、踊《おど》るように戦《たたか》いはじめた。たちまち、神殿《しんでん》あとに鋼《はがね》のぶつかる音がひびきわたる。セザが優勢《ゆうせい》なのを見て、残《のこ》るふたりも戦いにくわわった。

すぐれた剣士《けんし》であるセザも、サイラス卿騎士団《きょうきしだん》の精鋭《せいえい》三人が相手《あいて》となると、さすがに手こずっている。セザが苦戦《くせん》しているすきに、年かさの騎士は神殿あとにすべりこんだ。

「シバハーン導師《どうし》、出てこられよ！」

水瓶《みずがめ》のうしろにかくれていたファナは、身《み》をかたくした。シバハーンは柱《はしら》のかげから、ゆっくりと歩みでた。

「剣《けん》をおさめるがいい。ここはアラリム＝カーの聖地《せいち》。ここで殺生《せっしょう》をおこなうものは、永遠《えいえん》に呪《のろ》われるぞ。」

シバハーンの堂々《どうどう》とした態度《たいど》に、騎士《きし》はためらいをみせた。

「そちらが剣をおさめれば、わしが神殿《しんでん》の外に出よう。たかが老人《ろうじん》ひとり、おそれることはあるまい？」

騎士はうなずいて、剣をおさめた。シバハーンはすたすたと外に出ようとする。ファナを守るために、自分が犠牲《ぎせい》になるつもりだ。

（だめっ。）

ファナが動いたせいで、がたっと、水瓶《みずがめ》がゆれた。騎士は雷《かみなり》にうたれたように、剣を抜《ぬ》きはなった。

「だれだ？」

騎士は止めようとするシバハーンを突《つ》きとばすと、水瓶をけたおした。逃《に》げようとしたファナは男にはがいじめにされた。赤い手袋《てぶくろ》が、がっしりからだをつかんでいる。

ファナは騎士の手をふりはらおうとして、もがいた。するとつぜん、騎士の表情《ひょうじょう》が変《か》わった。信《しん》じられないというように、ぽかんと口があく。

「うわあああ！」

ファナからとびのいて、年《とし》かさの騎士《きし》が絶叫《ぜっきょう》した。

「マ、マグレブ！」

（えっ？）

ファナはぞっとしてふりむいたが、そこにはなにもいなかった。騎士はころげるように、神殿《しんでん》の外にとびだした。

セザと剣《けん》をかわしていた騎士ふたりも、年かさの騎士が泡《あわ》をくっているのを見て、動きがにぶった。剣をふりあげていた騎士は、ふいに口をあけ、その場に凍《こお》りついた。

「マグレブ……。」

若《わか》い騎士は目をむいて、やみくもに剣をふりまわしはじめた。まるで、見えない敵《てき》におそわれたように。

「うわっ、うわっ、くるなっ！」

わけがわからず、セザはとまどっている。三人の騎士《きし》たちは、なにかおそろしいものに追われているように、あわてふためいて馬にとびのった。

神殿《しんでん》の入口に出てきたファナは、三人の騎士たちがしっぽを巻《ま》いて逃《に》げさるのを見おくった。

「あいつら、どうしちゃったの？」

「白昼夢《はくちゅうむ》だ。やつらは、おのれがいちばんおそれているものを見たのだよ。」

疲《つか》れきったようすのシバハーンがいった。

「導師《どうし》は、幻術《げんじゅつ》をお使いになるのですか」とセザ。

「メンハラー王《おう》から伝《つた》わる秘術《ひじゅつ》だ。いざとなれば、目くらましが使える。この年になると、さすがにきついが。」

肩《かた》で息をし、しゃがみこんだシバハーンを、ファナは見なおした。

「すごい。夢《ゆめ》とき師《し》にそんなことができるなんて、知らなかった！」

「だれでも知っていたら、秘術にならん。めったに使ってはならんし、やむをえず使ったあとは、心身《しんしん》を清《きよ》めなくては。」

シバハーンは腰《こし》に手をあてて、立ちあがった。セザも、血《ち》のついた剣《けん》をぬぐう。

「セザ、血《ち》が出てる！」

ファナはあわてた。セザの頬《ほお》がざっくり切れて、血がしたたっている。

セザは不敵《ふてき》に笑《わら》った。

「なに、ほんのかすり傷《きず》だ。サイラス卿《きょう》騎士団《きしだん》が最強《さいきょう》というのは、やはり出まかせだったな。」

「おまえたちは、自分の場所に帰れ」とシバハーンはいった。「わしは、黄泉《よみ》の入口に行く。」

「黄泉の入口？」

「神殿《しんでん》の奥《おく》にある聖所《せいじょ》だ。幻術《げんじゅつ》を使ったあとは、そこにこもらねばならん。」

「そこ、ほんとうに黄泉への入口なの？」

「古くよりそうよばれておる。メンハラー王がそこから黄泉へくだったという洞窟《どうくつ》だ。」

「導師《どうし》、お待ちを。」

セザは、黒い目をきらめかせた。

「メンハラー王はそこから、黄泉《よみ》の国へ行かれたのですね？　ここにサラの腕輪《うでわ》があります。これをはめれば、導師《どうし》も黄泉の国へ行けるのではありませんか？」

シバハーンはあきれたように、肩《かた》をすくめた。

「お若《わか》いの、おまえは目がわるいのか？　酔《よ》っぱらいの老《お》いぼれに、なにを期待《きたい》しとる？　死にかけた王を救《すく》いだす力など、残《のこ》っとらんぞ。」

「しかし導師はたったいま、みごとに幻術《げんじゅつ》を使われたではありませんか。」

「おかげでいますぐ、あの世《よ》へ行きそうだ。いいから、わしを洞窟《どうくつ》に行かせてくれ。」

「では、わたしもおともいたします。」

セザは、きぜんと胸《むね》をそらした。

「導師がむりならわたしが腕輪《うでわ》をはめ、黄泉の国へまいります。なんとしても、王をお救いしなければ。」

「あたしも行く！」

ファナはお守《まも》りがわりに、おばあちゃんの白いスカーフをまきつけた。

（こうなったら、なにがなんでも最後《さいご》まで見とどけなくちゃ！）

19

黄泉《よみ》の入口

神殿《しんでん》の奥《おく》は、山中の鍾乳洞《しょうにゅうどう》に通じていた。シバハーンのかかげるランタンに照《て》らされ、茶色《ちゃいろ》と乳白色《にゅうはくしょく》がまじりあった石灰岩《せっかいがん》のつららがうかびあがる。進むにつれ、空気がひんやりしてきた。鍾乳洞にはリヤ川が流れこんでいて、こぽこぽとつぶやくような音を立てている。

しんがりをつとめるセザが、前を行くファナにいった。

「黄泉《よみ》の入口が、おそろしくはないのか？」

「だって、めったに行けるところじゃないもの。それに、ここは神殿あとだし。」

「ただの田舎娘《いなかむすめ》と思っていたが、おまえはずいぶんと勇気《ゆうき》があるのだな。」

「王都育《おうとそだ》ちだからって、田舎《いなか》をバカにしないでよ。それよりどうして、あたしを殺《ころ》さなかったの？」

「はじめから、殺すつもりなどなかった。」

意外《いがい》にも、セザはそう答えた。

「仲間《なかま》は、おまえを罪人《ざいにん》としてとらえるべきだといった。しかしわたしは、夢見《ゆめみ》の館《やかた》におきさるだけでよいと思った。めざめてさわいだところで、夢と思われるだけだからな。どのみち、田舎に逃《に》げかえると考えていたのだ。」

「帰らなくて、おあいにくさま。」

「そうだ。おまえは逃げかえらず、こうして導師《どうし》のもとにやってきた。おまえには勇気《ゆうき》がある。そして勇気は、なによりも尊《とうと》いものだ。」

ほめられて、ファナはこそばゆくなった。

「あたし、そんなに勇敢《ゆうかん》じゃないわ。マグレブのことは、すごくこわいもの。」

「それはむりもあるまい。マグレブをもおそれぬのは、アッシャー王だけだ。」

セザが自慢《じまん》げにいうと、先を行くシバハーンが鼻を鳴らした。

「それがまちがいのもとだ。」

「どうして?」とファナ。

「おそろしいものをおそろしいと思うのは大切《たいせつ》なことだ。アッシャー王は、マグレブをおそれぬ自分を勇敢《ゆうかん》だと思っている。恐怖《きょうふ》を知らない勇気はひとをほろぼす。真《しん》の勇者《ゆうしゃ》は、おそれを知るものだ。さあ、黄泉《よみ》の入口についたぞ。」

ふいに前がひらけて、ファナは広間《ひろま》のような洞窟《どうくつ》に立っていた。壁《かべ》の一角《いっかく》が、扇形《おうぎがた》に広がる階段状《かいだんじょう》になっている。

「ここがほかならぬ、黄泉の入口じゃ。」

「だって、行《い》き止《ど》まりよ。」

「階段《かいだん》の先がひらき、そこからメンハラー王は黄泉にくだったのだ。」

シバハーンは一礼《いちれい》して、階段の前にすわりこんだ。セザも手をあわせ、ひざまずく。

「アラリム＝カーさま、どうかわたしを黄泉の国におつかわしください。王と王妃《おうひ》をお救《すく》いしたいのです。どうかお力をお貸《か》しください。」

おもむろにサラの腕輪《うでわ》をはめようとするセザを、シバハーンは止めた。

「気持ちはわかるが、王妃《おうひ》はもう亡《な》くなったのだ。黄泉《よみ》の国から死者《ししゃ》をつれかえれば、アラリム＝カーにそむくことになる。」

「ですが導師《どうし》、王はお世継《よつ》ぎをえる夢《ゆめ》をごらんになったのです。ということは、王妃が生きかえるということではありませんか。」

「王さまは、ヒマワリ畑から陽《ひ》がのぼる夢を見たの」と、ファナは口をはさむ。

「それは微妙《びみょう》だな。ヒマワリが太陽《たいよう》をむいていれば息子《むすこ》が生まれるという意味だが、うなだれたヒマワリなら、親しいものを亡《な》くすという意味になる。」

セザの顔がくもった。

「王はたしか、ヒマワリの花が下をむいていたとおっしゃっていました。」

「じゃあ、王妃さまが亡くなるって意味だったのね。イソキナが、わざとそういったってこと？」

「では、せめて王のお命だけでも。」

シバハーンは必死《ひっし》なセザを見て、むずかしい顔になった。

「首尾《しゅび》よく王を見つけ、マグレブの腕輪《うでわ》をはずすことができれば、王が黄泉の国から出られる可能性《かのうせい》はある。しかしマグレブはかならずや、それをはばもうとするだろう。」

「どうすれば、マグレブをたおすことができるのでしょう？」

「人間にマグレブをたおすことはできぬ。剣《けん》も弓矢《ゆみや》も役《やく》には立たん。たとえ、どんな達《たつ》人《じん》であってもな。」

「でもアラリム＝カーにお祈《いの》りすれば、マグレブは逃《に》げだすでしょう？」

「残念《ざんねん》ながら、それはちがう。人間が『アラリム＝カーの七色の羽にかけて、退散《たいさん》せよ』といったところで、マグレブがおそれいるわけではない。人間はアラリム＝カーをたたえながら、悪魔《あくま》のように残酷《ざんこく》になれるのだから。」

「じゃあ、セザはどうしたらいいの？」

「目をしっかりとあけているのだ。マグレブはあやかしを見せるが、美しいものを作ることはできない。そのことを、よくおぼえておくのだな。見てくれではなく、真《しん》に美しいものを、マグレブはおそれるのだ。」

「とうときご助言《じょげん》、胸《むね》にきざみます」と、セザは深く頭をさげた。

「くれぐれも用心《ようじん》するのだぞ。王とおまえが生きてもどれるよう、わしからもアラリム＝カーにお願《ねが》いしよう。」

「あたしも、お祈《いの》りする。」

セザはファナを見つめ、丁重《ていちょう》に「頼《たの》む」といった。ファナは胸《むね》が熱《あつ》くなった。

（あたし、誤解《ごかい》してたみたい。セザって気どってるけど、ほんとうはいいやつかも。）

シバハーンは深く息を吐《は》き、ゆっくり息をすいこむと、目をとじた。ファナは、セザが右腕《みぎうで》にサラの腕輪《うでわ》をはめるのを、息をつめて見まもった。

ファナは祈った。

（アラリム＝カーさま。どうかセザをお助《たす》けください。アマンさんは自分が犠牲《ぎせい》になっても、王さまを守ろうとしたんです。どうか王さまとセザが、ぶじに黄泉《よみ》の国から帰ってこられますように。）


ファナは、ぴくりとして目をあけた。

いつのまにか、眠《ねむ》りこんでしまったらしい。ランタンの火がゆらめいて、ぼうっと闇《やみ》を照《て》らしている。

シバハーンはがくりと首をたれて、眠《ねむ》りこんでいる。腕輪《うでわ》をはめたセザも、身《み》をよこたえていた。

ファナは、セザの寝顔《ねがお》をのぞきこんだ。とじたまぶたが、ぴくりと動く。

(夢《ゆめ》のなかで黄泉《よみ》の国に行っているのかしら？　どんな夢を見ているんだろう？)

ふっと、青いものが見えた。

燐光《りんこう》をはなつ、あざやかな藍色《あいいろ》の蝶《ちょう》。

どこからともなくあらわれた蝶は、ファナの鼻先をかすめ、階段状《かいだんじょう》の岩をあがっていく。

蝶のゆくえを見て、ファナは息をのんだ。階段の先の岩が裂《さ》け、人ひとり通れそうな割《わ》れ目《め》ができていたのだ！

蝶はファナをさそうように、割れ目を通りぬけた。

(蝶はいつでも味方《みかた》。)

ファナは蝶を追って、割れ目のむこうに目をこらした。ほんのりと明るんでいる。すぐ近くに出口があるようだ。

「シバハーン、穴《あな》があいてる！」

ファナがよんでも、シバハーンは起きなかった。蝶《ちょう》が、うす明《あ》かりのなかでファナを待《ま》っている。ファナはまよったが、割《わ》れ目《め》をくぐり抜《ぬ》けることにした。

岩の通路《つうろ》を歩いていくと、ほどなく谷間《たにま》に出た。

くもり空の下、濃《こ》い紅色《べにいろ》の、大輪《たいりん》の薔薇《ばら》が咲《さ》きみだれている。そのむこうには灰白色《かいはくしょく》のけわしい岩山がそびえていた。

(マグレブは美しいものが作れないっていってたわよね。ここはきれいだから、黄泉《よみ》の国じゃないってことだ。山のむこうが、そうなのかな？)

ファナはいそいで洞窟《どうくつ》にもどった。セザを起こして、このことをつたえるのだ。

けれど、なんとしたことだろう。くぐりぬけたはずの割れ目は、かたくとじていたのだ！

「うそっ。どうして？」

ファナは岩をたたいたり、おしたりして、ふたりの名前をよんだ。

「セザ！　シバハーン！　起きて！　あたし、こっちにいるの！」

いくらさけんでも、答えはなかった。とじた岩は、びくともしない。泣《な》きそうになったファナの前に、藍色《あいいろ》の蝶《ちょう》が飛《と》んできた。ファナのまわりをひらひらと舞《ま》い、ふたたび谷間《たにま》へと飛《と》んでいく。

「ついてこいっていうの？」

ファナはきゅっとくちびるをかんで、歩きだした。

薔薇《ばら》の谷を抜《ぬ》けてきりたった岩山にたどりつくと、藍色の蝶は峡谷《きょうこく》のはざまに入っていった。ファナは覚悟《かくご》を決めて、蝶のあとを追った。

20

黄泉《よみ》の国

峡谷《きょうこく》を抜《ぬ》けると、世界《せかい》から色が消えた。

ファナは目をこすった。何色ともいえない、ぼやけた色の濃淡《のうたん》しかないのだ。昼とも夜ともつかない、うす闇《やみ》が広がっている。

ここが黄泉《よみ》の国なのかと、ファナは身《み》をひきしめた。街《まち》の広場のようだ。太った男や、おしゃべりする女たち、腰《こし》のまがった老人《ろうじん》や犬がひしめいている。でもそれはみな、動かない人形《にんぎょう》なのだ。

近づいて見ると、人形のつくりはぞんざいだった。鼻が欠《か》けていたり、びっしりと亀《き》裂《れつ》が入ったものもある。おまけに表情《ひょうじょう》が、なんともいやらしい。

ファナは、うすら寒《さむ》い気持ちになった。立ちどまったら、自分も人形になってしまいそうだ。ともかく、自分には色がある。ファナは自分の浅黒《あさぐろ》い肌《はだ》を、はじめてきれいだと思った。

ほかに生命《せいめい》を感じさせてくれるものといえば、前を飛《と》ぶ藍色《あいいろ》の蝶《ちょう》しかない。ファナはすがるように蝶を追い、広場をよこぎった。

大通りに出た蝶は「劇場《げきじょう》」と書かれた看板《かんばん》に止まった。

大きな劇場だったが、よびこみの男も人形《にんぎょう》だった。蝶は看板からはなれ、ファナの肩《かた》に止まった。扉《とびら》が大きくひらいていたので、ファナは劇場のなかに入っていった。

場内はしんとしていた。すりきれたじゅうたんと、古ぼけた椅子《いす》。客席《きゃくせき》には、着かざった人形の観客《かんきゃく》がならんでいる。

舞台《ぶたい》では劇《げき》が演《えん》じられているようだった。宮殿《きゅうでん》らしい建物《たてもの》のベランダにいるのは、人形ではなく人間に見えた。とはいえ、ふつうの人間ではない。ぜいたくな衣装《いしょう》をまとった若《わか》い女なのだが、全身《ぜんしん》がくすんだ灰色《はいいろ》なのだ。

ぽっちゃりしたその女は、憂《うれ》いに満《み》ちた顔をしていた。

(あのひと、絵で見たロザリン妃《ひ》に似《に》てる。)

宮殿《きゅうでん》の奥《おく》から、若《わか》い男がベランダに出てきた。その男には色があった。豪華《ごうか》な青と金の衣装《いしょう》をまとい、ひたいには王冠《おうかん》がきらめいている。

(王さま？　それにしちゃ、ちいさいわ。)

ファナは男をまじまじと見つめた。顔は絵姿《えすがた》で見た王に似《に》ているが、ずいぶんと背《せ》が低《ひく》い。そのわりに頭が大きくて、手足が短い。絵姿の王より、かなりぶさいくだ。

(あれがほんものの王さまなら、ずいぶんいいように描《えが》かせたのね。だけど、王さまには色がある。まだ生きてるってことなんだ。)

王の左腕《ひだりうで》には黒いヘビがまきついていた。きっとあれが、マグレブの腕輪《うでわ》なのだろう。

王は王妃《おうひ》に近よった。ロザリン妃のほうが背が高い。

「王妃よ、気分《きぶん》でもわるいのか？」

問いかけられたロザリン妃は、おっとりと答えた。

「王には、ご機嫌《きげん》うるわしく。わたくしはなにやら寒気《さむけ》がいたしまして、ただならぬ心地《ここち》がいたします。」

「ただならぬ心地《ここち》とな? それは身《み》ごもっているせいであろう。」

どっと、笑《わら》い声があがった。ファナはびっくりして客席《きゃくせき》を見た。色のない人形《にんぎょう》たちが、歯《は》をむきだして、けたたましく笑っている。

王は笑い声をものともせず、王妃《おうひ》に近づいた。

「まことに夢《ゆめ》のようだ。もうすぐ余《よ》の息子《むすこ》が生まれる! 余はずっと、自分の子どもにはさみしい思いをさせるまいと思っていたのだよ。つつましい幸福《こうふく》は、王族《おうぞく》には得《え》られぬもの。しかしそなたとなら、あたたかな家庭をきずくことができる。王という地位《ちい》ではなく、余を心から愛《あい》してくれる女性《じょせい》は、そなただけだ。」

「もったいないお言葉、うれしゅうございます。」

王妃は、王の胸《むね》に顔をうずめた。

「愛《いと》しいあなた。これほど幸福《こうふく》なのに、楽しいと思えないのはなぜなのでしょう。わたくしは不安《ふあん》でたまらないのです。すべてがうつろで、まちがっているような……。」

人形たちは、ひざをたたいて笑いころげている。王は、王妃をやさしく抱《だ》きしめた。

「不安になることはない。ぶじに王子が生まれることは、イソキナも太鼓判《たいこばん》をおしてくれたのだぞ。」

王妃《おうひ》は、ぴくりとからだをふるわせた。

「殿下《でんか》はイソキナのことを、心から信用《しんよう》なさっておられるのですか？」

「あたりまえではないか。おまえはどうして、イソキナがきらいなのだ？」

「きらいなのではなく、おそろしいのです。わたくし、偶然《ぐうぜん》に見てしまったのですわ。鏡《かがみ》にうつったイソキナは、うじがわいた死人《しにん》だったのです。ああ、あれは、見まちがいではありません！」

ファナは舞台《ぶたい》の前まで行き、身《み》をのりだした。

「王さま！　王妃さま！」

王妃が顔をあげて、あたりを見まわした。

「なにか、きこえませんでしたこと？」

王は頭を横にふった。

「虫でも鳴いているのであろう。」

「虫じゃありません！」

ファナは王妃《おうひ》のほうに、からだをのりだした。

「王妃さま、王さまの腕《うで》を見てください。黒いヘビがまきついているでしょう？　それはマグレブの腕輪《うでわ》で、ここは黄泉《よみ》の国なんです！」

王の左腕を見た王妃は、わなないた。

「殿下《でんか》！　たいへんですわ、ヘビが、お腕にまきついております！」

黒いヘビがすっと首をもたげて、ファナを見た。と同時に、うしろでするどい声がした。

「おまえは、なにもの？」

見あげると、客席《きゃくせき》の上に鏡《かがみ》がうかんでいた。そのなかには、目をらんらんと光らせた美しい女がいる。

「おまえは生きている。サラの腕輪もはめずに、どうやって、ここに入りこんだというの？　おや、肩《かた》に妙《みょう》なものがいる。おまえは、アラリム＝カーのまわしものだね！」

女のひたいには、王の夢《ゆめ》とき師《し》をしめす飾《かざ》りがついていた。

（イソキナ？）

女は片手《かたて》をあげ、なにかを追《お》いはらうようなしぐさをした。

とたんに蝶《ちょう》が、しゅっと燃《も》えあがった。ファナは悲鳴《ひめい》をあげて、焦《こ》げた蝶が地面《じめん》に落ちるのを見た。

どすんと音がして、舞台《ぶたい》に幕《まく》がおりた。人形《にんぎょう》たちはうすら笑《わら》いのまま、ぎくしゃくと立ちあがった。手をのばし、ファナをとらえようと迫《せま》ってくる。

ファナは近づいてきた人形をけりたおし、舞台《ぶたい》によじのぼった。首のもげた人形が、ファナの足をつかもうと手をのばす。ファナは幕を持ちあげてなかに入ろうとしたが、幕はずっしりと重たくて動かない。

舞台そでにかけこもうとしたファナの前に、ゆらりと怪物《かいぶつ》があらわれた。山羊《やぎ》の頭に、コウモリの翼《つばさ》。かぎ爪《づめ》のある手をさしだし、ファナにせまってくる。

(マグレブ!)

ファナは立ちすくんだ。すると舞台の反対側《はんたいがわ》から、自分の名をよぶ声がした。

「ファナ!」

それは、亡《な》くなった祖母《そぼ》だった。

21

再会《さいかい》

「おばあちゃん！」

なつかしい、やさしい顔。下《さ》がりかげんの右肩《みぎかた》。ファナはころげるように、祖母《そぼ》のもとへかけていった。

「ここは危《あぶ》ない。こっちだよ。」

祖母はファナを手まねきして、舞台裏《ぶたいうら》の階段《かいだん》をおりた。うしろから、人形《にんぎょう》たちがわらわらと追ってくる。

祖母は劇場《げきじょう》の裏木戸《うらきど》から、ファナを外へつれだした。

「これでだいじょうぶ。あいつらは、劇場の外には出られないからね。」

「おばあちゃん、会いたかった！」

ファナが抱《だ》きつくと、祖母《そぼ》はさびしげに笑った。

「ファナを見つけて、ずっと声をかけていたんだけどねえ。やっと気づいてくれて、ほっとしたよ。」

「おばあちゃん、あたし、王さまを助《たす》けたいの。王さまはまだ、劇場《げきじょう》のなかにいるのよ。」

「王さま？」

「そうなの。あたし、死んだわけじゃないの。黄泉《よみ》の入口から、ここにやってきたの。」

「ファナ。だいじな話があるから、ちょっとそこにすわっておくれ。」

祖母は、ファナに道ばたの長椅子《ながいす》をしめした。

「会えてうれしいけど、のんびりすわっていられないのよ。だいじな話って、なに？」

「まあまあ。時間はたっぷりあるんだから。」

祖母の声にあるなにかが、ファナを不安《ふあん》にさせた。

「どういうこと？」

「おぼえているかい？　セザって男に、腕輪《うでわ》を盗《と》られただろう？」

「うん。でもセザは、わるいひとじゃなかったの。セザは王さまを助けたくて……。」

「おちついてきいておくれ」と、祖母《そぼ》はファナをさえぎった。「セザは腕輪《うでわ》をとりあげて、おまえを殺《ころ》したんだ。」

「おばあちゃん、なにいってるの？」

祖母は、つらそうに目をそらした。

「夢見《ゆめみ》の館《やかた》で目をさましたおまえは、殺されずにすんだと思ったろう？　でも、そうじゃなかったんだよ。」

（え？）

「夢《ゆめ》とき堂《どう》に行って、ウルガって夢とき師に会っただろう。それから神殿《しんでん》あとでシバハーンを見つけ、そこにセザがきた。でもねファナ、夢虫亭《ゆめむしてい》からあとのことは、みんな夢なんだよ。」

「うそ。」

「あたしみたいな年寄《としよ》りとちがって、ファナみたいな若《わか》い娘《むすめ》が、自分の死をうけいれるのはむずかしいことさ。ファナが楽しい夢を見ているんなら、じゃまする気はなかった。」

(おばあちゃん、やめて。)

「だけどファナの夢《ゆめ》は悪夢《あくむ》になってしまった。つらくても、そろそろ、ほんとうのことに気づいたほうがいい。おまえはセザに殺《ころ》されて、死んでしまったんだよ。」

祖母《そぼ》はファナの肩《かた》に手をおいた。

「ほら、よく自分を見てごらん。色がないだろう?」

自分の手に目をおとしたファナは、凍《こお》りついた。

色がない。死者《ししゃ》とおなじように、なんの色もないのだ。

(あたしが……死んだ?)

ファナは、くらくらとめまいがした。

(うそ、ほんとうに? みんな夢だっていうの? シバハーンも、黄泉《よみ》の入口や藍色《あいいろ》の蝶《ちょう》も、近衛騎士《このえきし》のセザも?)

いったい、どこからが夢?

どこから、どこまでが夢?

自分はほんとうに、もう生きていないのだろうか?

ひたいに手をあてたファナは、はっとした。

「あったかい！　おばあちゃん、あたしまだ生きてるわ！　それに劇場《げきじょう》で、イソキナがあたしのことを生きてるっていったもの！　そうよ。あたしはまだ、死んでないんだわ！」

祖母《そぼ》は、じれったそうに手をこすった。その手には指先のない、きたならしい手袋《てぶくろ》がはまっている。穴《あな》があいて、糸がほつれたままだ。

（蝶《ちょう》はいつでも味方《みかた》よ。でも、手袋に気をつけて。）

アマンさんにきいた言葉が、閃光《せんこう》のようによみがえる。

「おばあちゃん、どうしてそんな手袋をしてるの？　手袋に穴があいたら、きれいにかがってたじゃない。」

「ファナったら、話をすりかえないでおくれ。」

老婆《ろうば》は、不満《ふまん》げに目をほそめた。

「うんと小さいときから、おまえは変《か》わった子だったよ。夢ばかり見て、夢と現実《げんじつ》をごっちゃにするんだ。そもそも、アマンさんなんて女もいないんだからね。みんな、おまえが勝手《かって》に作りあげたのさ。」

「うそつき!」

「アマンさんはいない。ファナもいない。みんな、いない。」

老婆《ろうば》が口をあけると、くさった歯《は》が見えた。

「なにもかも、だれかが見ている夢《ゆめ》なんだよ。」

「うそつき。だまされないわよ。アラリム=カーの七色の羽にかけて、あんたはおばあちゃんじゃやない!」

老婆をつきとばすと、ころがって人形《にんぎょう》に変《か》わった。はっとして自分の手を見ると、ちゃんと色がある。

(あやかし。ただの目くらましだ。気をつけなきゃ。あやうくだまされるところだった。)

立ちあがったファナは、目をうたがった。

劇場《げきじょう》はなくなっていた。かわりにあったのは、とてつもなく大きな宮殿《きゅうでん》だったのだ。

22

にせもの

宮殿《きゅうでん》を見あげていたファナは、用心《ようじん》ぶかい猫《ねこ》のような足どりで、なかに入った。アーチ形《がた》の天井《てんじょう》を、太い柱《はしら》がささえている。壁《かべ》には複雑《ふくざつ》なもようのモザイクがはまっていたが、モザイクのあちこちがはがれ落ちていた。

回廊《かいろう》に立つ黒ずくめの人影《ひとかげ》を見て、ファナはどきりとした。

（セザ？）

剣《けん》を抜《ぬ》いたセザが、油断《ゆだん》なくあたりを見まわしている。かけよりたいのをがまんして、柱のかげに身《み》をひそめた。また、だまされるわけにはいかない。右腕《みぎうで》にサラの腕輪《うでわ》をはめているが、あれだって、にせものかもしれなかった。

「ファナ？」

ファナはぎょっとして、ふりむいた。いつのまにか、セザは背後《はいご》に立っていた。

「なにをしている？　どうやって、ここにきたのだ？」

セザは剣《けん》をかまえたまま、ひたとファナを見すえている。

「わかんない。いつのまにか、岩に割《わ》れ目《め》ができてたの。青い蝶《ちょう》が案内《あんない》してくれて、ここまできたのよ。」

「蝶が？」

セザの頬《ほお》には、サイラス卿騎士団《きょうきしだん》につけられた傷《きず》あとが残《のこ》っている。けれどかんたんに信《しん》じてはだめだと、ファナは自分にいいきかせた。

「セザは、シバハーンといっしょに黄泉《よみ》の入口で寝《ね》てたわ。あんたは、マグレブのあやかしじゃないの？」

「おまえのほうこそ、にせものかもしれぬ。」

ファナとセザは、無言《むごん》でにらみあった。

ふっと、セザが力を抜《ぬ》いた。

「どうやら、おまえはほんもののようだ。」

「そういって、油断《ゆだん》させる気でしょう。あたしが美しいとでもいう気？」

「美しいとはいわんが、生《い》きがいいのはたしかだ。それに色がある。いままで気づかなかったが、色というのはそれだけでアラリム＝カーの恩寵《おんちょう》なのだな。この宮殿《きゅうでん》の、なんとむなしいことか！」

セザはしみじみといって、首をめぐらせた。

「とはいえ、ここがメンハラー宮殿に似《に》ているのはたしかだ。王と王妃《おうひ》は、ここにいらっしゃるやもしれぬ。一刻《いっこく》も早く、見つけだ さねば。」

王を案《あん》じる真剣《しんけん》なまなざしを見て、ファナはようやく信《しん》じる気になった。

「セザ。あたし、王さまを見たの。」

「いつ？」

「ここ、さっきまでは劇場《げきじょう》だった。王さまと王妃《おうひ》さまが舞台《ぶたい》にいたわ。」

「舞台に？　国王ご夫妻《ふさい》が、役者《やくしゃ》のまねごとをなさっていたというのか？」

「お芝居《しばい》をしてるって感じじゃなかった。王さまは、ふつうに生活しているつもりだったみたい。でも王妃《おうひ》さまのほうは、なんだかおかしいって感じてるの。あたしが話しかけると、王妃さまは気づいてくれた。でもそこに、金髪《きんぱつ》の女があらわれたの。」

「金髪？」

「金髪で、緑の目で、きれいだけどおそろしい女よ。手をあげただけで、蝶《ちょう》を殺《ころ》したの。きっとあれ、イソキナだと思う。」

「イソキナが、どうやって黄泉《よみ》の国に。」

「鏡《かがみ》ごしに、こっちをのぞいてるみたいだった。」

「しっ。」

セザはファナを柱《はしら》のかげにひきいれた。身《み》なりのいい老人《ろうじん》が、むかい側《がわ》の回廊《かいろう》を歩いてくる。

「あれは、去年亡《きょねんな》くなったフェズ卿《きょう》だ。」

セザとファナは、フェズ卿がうつろな目をして通りすぎるのを見おくった。

「建物《たてもの》の配置《はいち》は、ほんものの王宮《おうきゅう》とおなじようだ。玉座《ぎょくざ》の間《ま》に行ってみよう。」

セザは不愉快《ふゆかい》そうに、建物を見まわした。

「マグレブが美しいものを作れないというのは、ほんとうだな。壁《かべ》や床《ゆか》の亀裂《きれつ》を見ろ。庭や花瓶《かびん》の花も造花《ぞうか》だ。」

玉座《ぎょくざ》の間《ま》に、国王夫妻《ふさい》はいなかった。玉座の脚《あし》がもぞもぞ動いていて、気味《きみ》がわるい。

夫妻の居室《きょしつ》に近づくと、話し声がきこえてきた。

扉《とびら》をほそくあけて、なかをうかがう。セザが、はっとして身《み》をかたくする。のぞきこんだファナも、目をうたがった。

部屋《へや》のなかにもセザがいて、王のかたわらに立っていたのだ！

「王妃《おうひ》よ、なにをなげく。もうなんの心配《しんぱい》もないのだぞ。」

王は、泣《な》いている王妃をなだめていた。

「陛下《へいか》、どうして信《しん》じていただけないのですか。陛下の左腕《ひだりうで》に、ヘビがまきついておりますのに。」

王はこまりきったように首をふって、横にいるセザを見た。

「ご心配《しんぱい》ありません。王妃さまは黄泉《よみ》の国からもどられたばかりで、混乱《こんらん》なさっているのです。勇敢《ゆうかん》な王に救《すく》いだされたとはいえ、いったんは亡《な》くなられたのですから。ゆっくりお休みになれば、まぼろしも消えましょう。」

部屋《へや》のなかにいるセザのにせものが、つつましく頭をさげる。

ファナの横にいるセザは、くいとまゆをあげた。

「王は、どうしてお気づきにならないのだ。わたしは、あんな声ではない。」

「声は似《に》てるわよ」とファナはいった。

にせものはサラの腕輪《うでわ》もはめていないし、うそをついている。それになにより、にせものには色がない。あやつり人形《にんぎょう》のような、うつろな目をしている。

ほんもののセザが、部屋《へや》に飛《と》びこんだ。

「王よ、たばかられてはなりません。その男は、にせものですぞ!」

ふたりのセザを見て、国王夫妻《ふさい》はおどろいた。

「これはまた、どうしたことか?」

「王よ、だまされてはなりません。にせものはあちらですぞ!」

にせもののセザは剣《けん》を抜《ぬ》き、飛《と》びかかってきた。ふたりのセザが、一騎打《いっきう》ちをはじめる。

そのすきに、ファナは王にかけよった。

「王さま、腕輪《うでわ》をはずして！」

「おまえは、なにものだ？」

「いいから、早く！」

ファナが黒いヘビをつかもうとすると、にせもののセザが身《み》をひるがえした。ファナは身を守るすべもないまま、ふりおろされる剣《けん》を見た。

23

呪《のろ》いの腕輪《うでわ》

ファナが声にならないさけびをあげたとき、首にまいていた白いスカーフが生きもののように動き、はっしと剣《けん》をうけとめた。剣はたちまち燃《も》えあがり、スカーフとともに床《ゆか》に落ちた。

すかさずセザが斬《き》りつけると、にせものの男は前にたおれ、そのまま人形《にんぎょう》に姿《すがた》を変《か》えた。

王と王妃《おうひ》は、あっけにとられて人形を見おろしている。

（おばあちゃんが、助《たす》けてくれたんだ！）

ファナは涙《なみだ》ぐみ、焼《や》けこげたスカーフをにぎりしめた。

セザは、王の前にひざまずいた。

「王よ。ここはメンハラー宮殿《きゅうでん》ではございません。黄泉《よみ》の国の、いつわりの王宮《おうきゅう》でございます。」

「余《よ》はまだ、黄泉の国におるともうすのか。」

「しかとごらんくださいませ。王の宮殿は、このようにうらぶれたところではございません。花瓶《かびん》の花も、みな造花《ぞうか》ではございませんか。」

セザに造花を見せられると、王はいとわしげに首をふった。あらためて部屋《へや》を見まわし、ようすがちがうのに気づいたようだ。

「なんということだ。余はいまのいままで、ここがわが宮殿とばかり思っておったぞ。するとと王妃《おうひ》はまだ、よみがえってはいないのか?」

王妃は気丈《きじょう》に、胸《むね》に手をあてた。

「やはりわたくしは、死者《ししゃ》なのでございますね。どうりで、気分《きぶん》がすぐれないと思いましたわ。」

「お元気でいらしたのに、いったい、なにが起きたのでございますか?」とセザがたずねる。

「わたくし、気分がわるくて横になっていたのです。うたた寝《ね》に、おそろしい夢《ゆめ》を見ました。悪鬼《あっき》のような顔をしたイソキナが、わたしをおさえつけ、首をしめたのです。苦《くる》しくて、おぞましくて、思いだしたくございません。」

「王妃《おうひ》さまを殺《ころ》したのは、イソキナだったのね！」

ファナがいうと、セザの瞳《ひとみ》にも炎《ほのお》がやどった。

「おのれイソキナ、ゆるしてはおけぬ！」

王は、いたわるように王妃を抱《だ》きしめる。

「ロザリン、案《あん》ずるでない。余《よ》はそなたを救《すく》いにきたのだ。しかしセザ、なぜおまえがサラの腕輪《うでわ》をしておるのだ？　余の左腕《ひだりうで》のヘビは、なんとしたことか？」

「このようなおりですので、手短《てみじか》にもうしますが。」

そうはいっても、セザの説明《せつめい》はちっとも手短ではなかった。王もサイラス卿《きょう》とイソキナの陰謀《いんぼう》を、ことこまかに問《と》いただしている。ファナはたまらず、じだんだをふんだ。

「王さま、早くもどらないと死んじゃうわ！」

「この娘《むすめ》のご無礼《ぶれい》をおゆるしください。しかし、ことは急を要《よう》しております。」

「にわかには、信《しん》じられぬ話であるが。」

眉間《みけん》に深いしわをよせ、王はゆったりといった。

「余《よ》は幼《おさな》なじみのそなたを、だれよりも信頼《しんらい》しておる。ではロザリン、まいるぞ。いつわりの王宮《おうきゅう》など、われらのいるところではない。」

「王よ。それにはまず、マグレブの腕輪《うでわ》をおはずしください。その腕輪が、王を黄泉《よみ》の国につなぎとめているのでございます。このままでは、お命《いのち》が持ちません。」

「そうですわ。そうなさってくださいませ!」

王妃《おうひ》にうながされ、王はヘビを腕からはずそうとした。けれどヘビはきつく腕にまきつき、すでに皮膚《ひふ》に深く食《く》いこんでいる。

「腕輪をはずさねば、余は黄泉の国を出られぬというのだな?」

「残念《ざんねん》ながら、御意《ぎょい》にございます。」

「ならば、しかたあるまい。セザ、余の腕を斬《き》りおとせ。」

「おゆるしください。そのようなことは、とても。」

王は、ためらうセザをしかりつけた。

「王命《おうめい》である。セザ、やるのだ。それ以外《いがい》に、いまわしい腕輪《うでわ》から逃《のが》れるすべはない。」

背《せ》の低《ひく》い王は、きぜんとあごをあげた。たしかにアッシャー王には、勇猛《ゆうもう》な心があったのだ。

「余《よ》は、自分をふがいなく思うぞ。たちどころに王妃《おうひ》を救《すく》いだすつもりが、このありさまだ。しかも、重臣《じゅうしん》ふたりにたばかれていたとは。どうやら余は、思いのほか愚《おろ》かだったらしい。王として恥《は》ずべきことだ。」

王は左腕《ひだりうで》をさしだす。セザは息をととのえて、剣《けん》を抜《ぬ》いた。

ファナは目をつむる。しかしヘビにふれたとたん、セザの剣はぐにゃりとまがってしまった。

「ああ、やはり、この腕輪《うでわ》は呪《のろ》われているのです！」

王妃は絶望《ぜつぼう》のさけびをあげた。

「ロザリン、なげくでない。せめてそなただけでも現世《げんせ》に帰り、余《よ》の息子《むすこ》を産《う》むのだ。セザ、こうなったうえは、このまま黄泉《よみ》の入口にむかうぞ。」

「でも、王妃《おうひ》さまは……。」

黄泉《よみ》の国から、死者《ししゃ》をつれかえることはできない。そういおうとしたファナを、セザは止めた。

「ご説得《せっとく》しているひまはない。いまはとにかく、ここを出るのだ。」

こまったことになったと思いつつ、ファナはにせの王宮《おうきゅう》をかけぬけた。先頭《せんとう》をきっていたセザは、ぴたりと立ちどまった。

(なに、これ?)

ファナは目をみはった。待《ま》っていたのは、思ってもいない景色《けしき》だった。

街《まち》は、あとかたもなかった。王宮《おうきゅう》の外は地平線《ちへいせん》のかなたまで、砂漠《さばく》が広がっていたのだ。

24

ふたりのファナ

ふりむけば、出てきたはずの王宮《おうきゅう》も消えている。ファナたちは、広大な砂漠《さばく》のまんなかに立っていた。砂丘《さきゅう》は、にたにたと笑《わら》う巨大《きょだい》な横顔の形をしている。王と王妃《おうひ》はあっけにとられて、気味《きみ》のわるい砂漠を見わたした。

「わたくしたち、どうすればよろしいのでしょう？」

「セザ、これはいったい、なんとしたことか？」

セザはひとつかみの砂《すな》をすくい、さらさらとこぼれる砂を見つめた。

「砂はほんものです。この砂漠がどこまでつづいているのか、見当《けんとう》もつきません。」

「セザ、だまされちゃだめよ。こんなもの、マグレブの目くらましなんだから。」

「にしても、どちらに進めばよいのだ？」

「宮殿《きゅうでん》を背《せ》に出てきたんだから、広場は右の方角《ほうがく》にあるはずよ。見当《けんとう》をつけて峡谷《きょうこく》に抜《ぬ》ければ、黄泉《よみ》の国から出られる……。」

しゃべっているとちゅうで、ずぶりと足がしずんだ。

「流砂《りゅうさ》だ！　ファナ、気をつけろ！」

助《たす》けようと、セザがファナに手をのばす。ファナはあわてて、セザの手をつかもうとした。けれどファナのからだは、見る間《ま》に砂《すな》にすいこまれてしまった。

むせながら砂を吐《は》きだすと、べたべたする床《ゆか》にころがっているのがわかった。肉《にく》がくさったような、いやなにおいがする。流砂にのまれたはずなのに、暗い場所にとじこめられているようだった。目をあけているのに、なにも見えない。

「セザ？」

返事《へんじ》はなかった。口のなかに、まだじゃりじゃりと砂が残《のこ》っている。せきこみながら立ちあがったファナは、あたりをさぐってみた。のばした手にふれるものは、なにもない。

「セザ、ねえったら、だれもいないの？」

自分の声だけが、むなしくひびく。

じわじわと恐怖《きょうふ》がこみあげてくる。気味《きみ》のわるい人形《にんぎょう》や、とつぜんに変《か》わる景色《けしき》もいやだった。でも、暗闇《くらやみ》にひとりでいることにくらべれば、はるかにましだ。

（このままずっと、ひとりきりだったら？）

ファナは両手を前にのばして、歩きだした。どこまで行っても、壁《かべ》にはぶつからない。やみくもに歩きつづけたファナは、疲《つか》れはててしゃがみこんだ。のどがからからにかわいて、ひりついている。

（アラリム＝カーさま、どうかお助《たす》けください。）

祈《いの》りはじめたファナは、暗がりにぼうっとうかびあがるものに気づいた。はうように近づいてみると、それは鏡《かがみ》だった。髪《かみ》をふりみだした少女の顔がうつっている。

鏡のなかの少女は、しげしげとファナを見つめた。

（これ、あたしじゃない。）

にっと笑《わら》った少女の顔は、大人《おとな》に変《か》わった。緑色の瞳《ひとみ》。金髪《きんぱつ》にふちどられた、ととのった顔。

「シバハーンならいざしらず、どうしておまえのような小娘《こむすめ》が、黄泉《よみ》の国に入れたのかしら。しかも、いまだに正気《しょうき》をうしなわずにいるなんて。」

「あなた、イソキナね！」

「そしておまえは、ファナ。」

イソキナは、くつくつと笑《わら》った。

「よりによって、ファナとはね。いいことを教えましょうか。わたしも、ファナという名前だったのよ。王の夢《ゆめ》とき師《し》にはふさわしくないと思ったから、その名前をすてたの。」

「嘘《うそ》つき！」

「ええ、そうよ。わたしは霊夢《れいむ》を見たと嘘をついて、夢とき師になったわ。」

イソキナは、なぜか楽しげなようすだ。

「それは、あなたもおなじでしょう？　わたしが知らないと思っているの？　霊夢を見たと嘘《うそ》をついて、夢都《むと》に行くつもりだったくせに。ニカヤ、おっと、アマンさんにしかられなければ、そういって家を飛《と》びだしていたはずよ。」

（どうして知ってるの？）

「わたしはシバハーンにはない力があるの。あなたのことなんてお見とおし。あなたは、わたしにあこがれていたじゃない。自分も夢《ゆめ》とき師《し》になって、王につかえたいと願《ねが》っていた。それこそ、のどがひりつくような思いでね。自分は特別《とくべつ》な人間だ。母さんや姉さんみたいに、けちなおかみさんにはならない。そうよ。あなたは、わたしになりたかったのよ。」

ファナは言葉をつまらせた。

「だって……知らなかったもの。あなたが、わるい人間だなんて！」

「わるい？　わたしは愚《おろ》かな王をしりぞけて、よりよい国をつくろうとしているのよ。それのどこがいけないの？　この国をつくったメンハラー王も夢とき師だった。メッシナ王国は、夢とき師が治《おさ》めるべきだわ。」

「だからって、王妃《おうひ》さまを殺《ころ》すことはないでしょ！」

「まあ、ひどい言いがかり。」

「ニカヤさんも殺《ころ》したくせに！」

「血《ち》にうえた、サイラス卿《きょう》の騎士団《きしだん》がね。わたしはニカヤを殺してくれなんて頼《たの》まなかった。サラの腕輪《うでわ》が手に入れば、それでよかったのよ。信《しん》じないでしょうけど、わたしはニカヤが好《す》きだった。ニカヤも、わたしの力をみとめていたわ。それをぶちこわしたのはシバハーンなのよ。」

ファナは、じりじりと追いつめられていた。イソキナは絵姿《えすがた》よりずっときれいで、力にあふれている。マグレブは、美しいものを作れないはずなのに。

（そうだ。あたしは、イソキナみたいになりたかった。）

ふっと、そんな考えが頭をよぎる。

「そうよ。善人《ぜんにん》ぶるのは、およしなさい。弟なんて、いなけりゃいいと思ってたくせに。わたしも貧乏人《びんぼうにん》の娘《むすめ》だった。こんなぼろ家からぜったいに抜《ぬ》けだしてみせる、あたしにはそれだけの値《ね》うちがあるって、ずっと思っていたわ。おまえなんかが夢《ゆめ》とき師《し》になれるわけがないと、家族は鼻で笑《わら》った。それがどう？　わたしは王の夢とき師になったわ！

どうしてだかわかる？　そのためには、どんなことでもすると誓《ちか》ったからよ！」

イソキナは、ほこらしげに笑った。

「あなただって、そうでしょう？　みとめなさい。ひととはちがう力が、ほしくてたまらないって。」

そうだ、そのとおりだと、心のどこかでいう声がする。

（やめて。）

ファナは耳をふさぎ、目をとじた。それでも、頭のなかにイソキナの声がひびく。

「ファナ、まだわからないの？　わたしはあなたで、あなたはわたしなのよ。」

25

四《よ》つ辻《つじ》

夕陽《ゆうひ》が最後《さいご》の光を投《な》げ、しずんでいった。

街道《かいどう》を歩くファナは、足を早めた。野宿《のじゅく》はぶっそうなので、なんとか港町《みなとまち》までたどりついて、安い宿《やど》をさがしたかった。明日《あす》になれば、ラルーサ行きの船《ふね》にもぐりこめるだろう。

むりやり嫁《とつ》ぎ先《さき》を決められて、家を飛《と》びだしてきたのだ。父親が借金《しゃっきん》をしている相手《あいて》だから、後妻《ごさい》の口でもことわるわけにはいかない。

(冗談《じょうだん》じゃないわ！　わたしは十五にもならないのに、あんな年寄《としよ》りと結婚《けっこん》させられるなんて。ああ、どうしてアラリム＝カーは、わたしの望《のぞ》みをかなえてくれないの。足から血《ち》がにじむほど神殿《しんでん》にかよって、祈《いの》りをささげたのに！）

なんのあてもないファナは、とにかくラルーサに行って、夢《ゆめ》をさずかるつもりだった。

（あたしはいま、ファナだったころのイソキナを見ているんだ）と、ファナは思った。

まるで夢でも見ているように。

（いっそのこと霊夢《れいむ》を見た、夢《ゆめ》とき師《し》になりにきたのだ、といってしまおうか？　だって、嘘《うそ》だとばれる心配《しんぱい》はないんじゃない？）

陽《ひ》の落ちた街道《かいどう》は、ひと気がとだえていた。四《よ》つ辻《つじ》にさしかかると、ファナは不安《ふあん》げに首をすくめた。四つ辻には、魔《ま》がひそむといわれているからだ。

「こんな時間に、若《わか》い娘《むすめ》がひとりとは危《あぶ》ないな。」

ふいに声をかけられて、ファナはぎょっとした。いつのまにか、すぐうしろに背《せ》の高い男がいるではないか。

「すぐ先で、つれが待《ま》ってるんです」とファナはすばやくいった。

「それならいいが。とにかく、もう明《あ》かりがあったほうがいい。」

男は持っていたランタンに灯《ひ》をともした。明かりに照《て》らされた男の顔を見て、ファナはほっとした。三十くらいのその男は、やさしげで品《ひん》のある顔をしている。身《み》なりもりっぱで、気がむいて散歩《さんぽ》に出た貴族《きぞく》といったようす。供《とも》のものがいないのが不思議《ふしぎ》なくらいだった。

「馬車《ばしゃ》にもあきて、きょうは歩きにしたのだがね。より道をしすぎて、ドラエクにつくのが遅《おそ》くなってしまった」と、男は心地《ここち》のいい声でいった。「お嬢《じょう》さんはどちらまで？」

「わたしもドラエクです。そこから船に乗ってラルーサに。」

「もしや霊夢《れいむ》を見て、夢《ゆめ》とき師《し》になるとか？」

「いいえ」と、ファナは力なく答えた。「そうならよかったんですけど。」

「ほう。しかしわたしは、前から疑問《ぎもん》に思っていてね。夢というのは、あやふやなものだ。アラリム＝カーが出ていらしたとして、それがほんとうの霊夢なのか、ただの夢なのか、どうしてわかるのだろう？」

男は長くほそい指で、髪《かみ》をかきあげた。

「さあ。たぶん霊夢《れいむ》を見たひとには、ちがいがわかるんじゃないでしょうか。」

「そうだろうか。わたしもラルーサに行ったことはあるが、夢《ゆめ》とき師《し》のなかには、詐欺《さぎ》師《し》と変《か》わらないような手合《てあ》いもいる。霊夢を見たと嘘《うそ》をついて夢とき師になる人間も、あんがい多いと思うがね。」

「でも、そんなうそをついたらマグレブに食《く》われるのでしょう?」

「と、みなはいう。けれどひとのうわさなど、いいかげんなものだ。わたしの知り合いに、夢とき師になりたくてしかたのない女性《じょせい》がいた。そのひとはあらんかぎりの情熱《じょうねつ》で祈《いの》りをささげ、霊夢をえることを願《ねが》った。六十をすぎてもその願いはかなわず、最後《さいご》は気がくるってみじめに死んでいった。とりたててわるいところのないひとなのだよ! そんな仕打《しう》ちをするアラリム＝カーが神なのだろうか? そしてマグレブは、ほんとうにおそろしい悪魔《あくま》なのか?」

男は楽しげに、くつくつと笑った。

「マグレブは、ひとの望《のぞ》みをかなえてくれるそうだよ。アラリム＝カーは人間が力をもつのをおそれて、マグレブを悪者《わるもの》にしたてているのだ。」

（気をつけて）と、ファナはさけびたかった。（気をつけて。そいつ、マグレブよ！　そいつがマグレブなの！）

「それじゃマグレブは、なんでも望《のぞ》みをかなえてくれるというんですか？」

「そう。たとえばきみは、こんな娘《むすめ》になりたいと思っていないかな？」

男がそういうと、ファナの前にとつぜん、大きな鏡《かがみ》があらわれた。そこにうつっていたのは、ファナが（こんなふうだったら、どんなにいいか）と思うような娘だった。波《なみ》うつ金色の髪《かみ》、ミルクのような肌《はだ》、人形《にんぎょう》のように美しい顔と完璧《かんぺき》な肢体《したい》。浅黒《あさぐろ》い肌と、かたくてあつかいにくい髪。目の小さな自分とは、大ちがいだ！

「どうかな？　これはまやかしではない。きみが望《のぞ》みさえすれば、このからだを手に入れることができるのだ。」

男はやさしく、ファナの肩《かた》に手をかけた。男がマグレブそのひとか、その手先であることがファナにもわかった。おそろしいのと同時に、男は甘《あま》く、しびれるような魅力《みりょく》をもっていた。

「わたしはきみがだれよりも、夢《ゆめ》とき師《し》になりたいと望《のぞ》んでいることを知っている。きみは賢《かしこ》く、骨身《ほねみ》をおしまない。ほかのだれよりも、王の夢とき師となるにふさわしい娘《むすめ》だ。けれどアラリム＝カーは、けっして霊夢《れいむ》をさずけてはくれないだろう。なぜだかわかるかい？」

ファナはくちびるをかんで、首を横にふった。

「嫉妬《しっと》だよ！　きみがメンハラー王をしのぐ夢とき師になり、自分よりあがめられるようになることがいやなのだ。」

「まさか、アラリム＝カーがわたしに嫉妬するなんて……。」

「このままでは、きみは一生《いっしょう》夢とき師になれない。けれどマグレブは、きみの味方《みかた》をしてくれる。霊夢を見たといっても、だれからもうたがわれることはない。きみはかならずや、王の夢とき師となるだろう。」

男はやさしく笑《わら》って、ファナを見た。

ファナは凍《こお》りついた。マグレブはいま、たしかに自分を見て笑った。ファナがこの場にいることを、マグレブは知っているのだ！

「でもマグレブは、なにとひきかえに味方《みかた》をしてくれるの？　人間だって、ただじゃなんにもしてくれないわ！」

「さすがに賢《かしこ》いね。だがマグレブは、アラリム＝カーのように信仰《しんこう》や忠誠《ちゅうせい》をもとめたりはしない。マグレブの望《のぞ》みはただひとつ、きみが神《かみ》のような力をもつことだ。」

「わたしが？」

「あれをしろ、これはするなというアラリム＝カーとは、えらいちがいだろう？　ところできみは、自分の名前を気に入ってはいなかったね。ファナなんて、平凡《へいぼん》で退屈《たいくつ》だといって。でもいまからは、名前も自由《じゆう》に選《えら》べる。この美しい娘《むすめ》にふさわしいのは、どんな名前だと思う？」

ファナはあやしい気分《きぶん》におそわれた。自分がいま見ているのは、イソキナになる前のファナだ。名前は同じでも、自分とはちがう娘《むすめ》。

（それとも？　いま見ているのは、わたし自身《じしん》のこと？）

ファナは前から、あこがれていた名前を答えた。

「イソキナ。」

昔話《むかしばなし》のお姫《ひめ》さまのような名前。

（イソキナは、わたしだったの？）

ああ、だめ、わからない。

マグレブの姿《すがた》は、ずんずんと若《わか》くなっていった。いまは十八くらいの若者《わかもの》にしか見えない。娘なら、こんな恋人《こいびと》がほしいとだれもが願《ねが》うような。

「ラルーサに行き、夢《ゆめ》とき師《し》になりなさい。きみの望《のぞ》みをはばむものは、なにもない。国王はうやうやしくきみの手をとり、王の夢とき師になってくれと頼《たの》むだろう。きみは、神《かみ》にひとしい力を手に入れるのだ。」

マグレブは、ファナの耳もとでささやいた。

「ただひとこと、『ファナよ、死ね』といいさえすれば。」

「いうだけでいいの?」

(わたしはイソキナ。もうファナじゃない。自分に死ねといったところで、かまわないじゃない。ほんとうに死ぬわけではないんだし。そのひとことで、すべての望《のぞ》みがかなうなら!)

(そしてわたしは、メンハラー王をしのぐ夢《ゆめ》とき師《し》になるのだ! アラリム=カーをこえる力を手に入れて!)

26

声

ファナよ、死ね。

その言葉が、ファナののどから出かかった。けれどそのとき、ファナは感じたのだ。だれかが舌《した》なめずりして、それを待《ま》っていることを。

あやういところで、ファナはわれにかえった。

（ちがう！　あたしは神《かみ》になりたいなんて思わない。マグレブになんかだまされない。）

あたしはファナだ。

けっして、自分に死ねなんていうものか。

「ファナよ、死ね！」

そういったとたん、黒髪《くろかみ》の娘《むすめ》はあっとのどをおさえて、あおむけにたおれた。

鏡《かがみ》のなかから美しい娘が出てきて、たおれている娘を傲然《ごうぜん》と見おろした。

「ファナは死んだ。わたしはイソキナ。わたしは、すべてを手に入れる。」

イソキナはマグレブにほほえみかけようとしたが、男はもうそこにはいなかった。さみしい四《よ》つ辻《つじ》を、びょうびょうと風がふきすぎるだけ。

気をとりなおすように金髪《きんぱつ》をかきあげ、イソキナはファナを見た。

「ほんとうにバカね。あなたも、夢《ゆめ》をかなえられるところだったのに。」

「バカはそっちよ。自分で自分を殺《ころ》したのが、わからないの？」

ファナは、目をあけたまま死んでいる娘をゆびさした。

「それは、わたしじゃないわ。」

「これがあなたで、イソキナはマグレブがつくったまぼろしよ。」

「まぼろしが、王の夢《ゆめ》とき師《し》になれるかしら。」

「なんになったって、それはあなたじゃなくて、マグレブの力だもの。自分を見てごらんなさいよ！」

ファナは鏡《かがみ》をゆびさした。そこにうつっているイソキナは、腐乱《ふらん》した死体《したい》だった。

イソキナは、さっと顔をこわばらせた。

「わたしは、こんな姿《すがた》じゃないわ！」

「これがほんとうの姿なのよ。王妃《おうひ》さまにも、これが見えていたんだわ。」

ファナは、もどかしかった。イソキナにわかってほしかったのだ。

「あなた、さっきいったでしょう。わたしはあなたで、あなたはわたしだって。それ、ほんとうだと思う。あなたの気持ちは、すごくわかる。でもマグレブを信《しん》じたからって、しあわせにはなれない。ニカヤさんみたいに、使命《しめい》を果《は》たして美しい園《その》に行けることは、ぜったいにないの。」

「けっこうよ。わたしは永遠《えいえん》に生きるもの！」

「ひとりで？　ねえ、目をさましてよ。あなたほんとうは、さみしいんじゃない？」

「あまっちょろいことをいわないで。それよりファナ、あなたひとりなら、マグレブは見のがしてくれるそうよ。」

「どういうこと？」

「あとの三人は、どうせここから出られない。ロザリン妃《ひ》は死人《しにん》だし、王もセザも黄泉《よみ》の国の腕輪《うでわ》をつけている。でも、あなたは現世《げんせ》に帰れるのよ。そう望《のぞ》みさえすればね。」

イソキナの甘《あま》い息が、ファナにかかる。

「生きのびて、夢《ゆめ》とき師《し》になりなさい。わたしの手をとりさえすれば、それがかなう。でもわたしの助《たす》けがなければ、一生《いっしょう》ここから出られないわ。わたしが手をあげただけで、蝶《ちょう》が焼《や》け死《し》ぬのを見たでしょう？　わたしはアラリム＝カーより力があるのよ。」

イソキナは、白い腕《うで》をさしだした。

「さあ、どうするの？　チャンスは一度きりですからね。」

ファナは、ぞくりとした。

（ここでイソキナの手をとらなければ、永遠《えいえん》に黄泉の国から出られないの？　あたし、そんなことには耐《た》えられない。）

イソキナは、ふっと表情《ひょうじょう》をやわらげた。

「あなたは、黄泉《よみ》の国でひとりぼっち。たよれるのは、わたしだけなのよ。」

（ほんとうに？　でもおばあちゃんは、あたしを助《たす》けてくれた。）

そのとき、「ファナ」とささやく声がした。だれの声かはわからなかったが、ファナはたしかに、それをききつけたのだ。

イソキナの顔が、かすかにゆがむ。

「ファナ。」

また声がした。あたたかな声。おばあちゃんの声のようにも、アマンさんの声のようにも思えた。母さんか、姉さんかもしれない。

「ファナ。」

こんどは男の声。父さん？　兄さん？　それともシバハーン？

「ファナ！」

セザ？　セザだ！

（あたしをよんでいるんだ！　みんな、あたしを助けようとして！）

ファナは、ざあっと全身《ぜんしん》に力がみなぎるのを感じた。

「わたしの手をとりなさい！　もう時間がないわよ！」

イソキナがさけんだ。その声には、あせりがにじんでいる。

「イソキナ、なにをこわがってるの？」

「わたしは、なにもおそれはしないわ！」

「うそ。こわがってるのがわかる。あたしが手をとらなきゃ、こまったことになるのは、そっちなんじゃない？　さっきも、あたしは『ファナよ、死ね』っていわなかった。こんどもあたしがいうことをきかなかったら、マグレブは腹《はら》をたてるんじゃないの？」

ぴきっ。

鏡《かがみ》に亀裂《きれつ》がはしり、イソキナの顔がゆがんだ。

(あたしのいったことが当《あ》たったんだ！)

「イソキナ、あたしはあなたの力なんかいらない。あたしはたしかに、あなたみたいな夢《ゆめ》とき師《し》になりたかった。でもいまは、ぜったいに、あなたみたいになりたくない。マグレブでさえ、あなたの味方《みかた》じゃない。あなたは、動く死体《したい》。なんの力もありゃしないのよ！」

ファナは力まかせに鏡《かがみ》をたおした。鏡がこなごなにくだけ、イソキナは高い悲鳴《ひめい》をあげた。

27

もうひとつの腕輪《うでわ》

「ファナ！」

砂《すな》まみれのセザが、ファナを見つめていた。

セザは力をふりしぼり、ファナを流砂《りゅうさ》から救《すく》いだそうとしていた。そのセザのからだを、王と王妃《おうひ》が必死《ひっし》でつかんでいる。

ファナとセザがようやく流砂から抜《ぬ》けだすと、王妃は泣《な》き笑《わら》いの顔になった。

「ああ、よかったこと！　セザが飛《と》びこんでいったときには、ふたりとも死んでしまうと思いましたわ！」

セザはなにもいわず、ファナをひしと抱《だ》きしめた。

「セザ……命《いのち》がけで、あたしを助《たす》けてくれたの？」

「じゃまをするようだが」と、王が見つめあうふたりにいった。

「余《よ》にはあちらにマグレブが見えるぞ。」

「マグレブ？」

ファナたちは、ぎょっとして顔をむけた。山羊《やぎ》の頭にコウモリの翼《つばさ》をもつ化《ば》け物《もの》が、砂丘《さきゅう》のふもとに立っている。

「おそろしい。手まねきをしておりますわ！」

王妃《おうひ》は身《み》もだえ、セザは剣《けん》を抜《ぬ》いた。けれどファナは怪物《かいぶつ》を見ても、恐怖《きょうふ》を感じなかった。

「あの怪物、劇場《げきじょう》でも見たわ。ねえセザ、あれ、ほんとうにマグレブかしら。なんだかこまってるみたい。」

「ファナ、だまされるな。害《がい》がなさそうにして、油断《ゆだん》させる気だ。」

ファナたちがいっこうに動かないので、怪物はおずおずと近づいてきた。王妃が悲鳴《ひめい》をあげて、王にすがりつく。セザは剣を怪物につきだした。怪物はよろけ、ばったりとたおれた。

斬《き》りつけようとしたセザに、ファナはしがみついた。

「待《ま》って、見てよ！　これ、女のひとだわ！」

「女？」

「ほら、頭は山羊《やぎ》だけど、からだは女のひとじゃない。」

怪物《かいぶつ》はなにかうったえるように、ファナたちを見つめている。王が、一歩前に出た。

「しかと答えよ。そなたはマグレブか？」

怪物は首を横にふった。

「ならば、そなたは何者《なにもの》だ？」

山羊《やぎ》頭《あたま》の怪物はしゃべれないらしく、かなしそうに首をふっている。そして自分の右《みぎ》腕《うで》をつかみ、セザの腕輪《うでわ》をゆびさした。

「サラの腕輪がどうしたの？」

怪物は、左右の腕《うで》をかわりばんこにつかんでみせた。ファナは、あることがひらめいた。

「ふたつの腕輪《うでわ》をはめていたのは、サラ妃《ひ》よね？　サラ妃のことがいいたいの？」

「よく見れば、あわれな生きものではないか。立ちあがって、ものをもうすがよい。」

セザが止めるまもなく、王は怪物《かいぶつ》に手をさしのべた。

すると怪物は王の左腕《ひだりうで》にからみつくヘビをつかむと、いとも簡単《かんたん》に腕からとってみせたのだ。

ファナたちがおどろくなか、黒いヘビは腕輪《うでわ》に変《か》わった。怪物が腕輪を左腕にはめると、山羊《やぎ》の頭がはずれ、コウモリの翼《つばさ》が砂地《すなじ》に落ちた。

あらわれたのは、若《わか》い女性《じょせい》だった。

「わたしはメンハラー王の妻《つま》、サラです。マグレブの呪《のろ》いで、怪物に変えられていたのです。」

「サラ妃《ひ》！」

セザとアッシャー王とロザリン妃は、うやうやしくひざまずいた。ファナも、いそいでひざをつく。

「儀礼《ぎれい》はなしにいたしましょう。現世《げんせ》にもどれなかったわたくしは、呪いをかけられて、黄泉《よみ》の国をさすらっておりました。絶望《ぜつぼう》したわたくしの前に、アラリム＝カーがあらわれてくださったのです。アラリム＝カーは、こうおっしゃいました。『メンハラー王が誓《ちか》いをやぶったのも、あなたへの愛《あい》があればこそ。メンハラー王の末裔《まつえい》が、いつかあなたの腕輪《うでわ》をつけて黄泉の国にくるでしょう。あなただけが、腕輪の呪《のろ》いをとくことができます。腕輪をとりもどすとき、あなた自身《じしん》にかけられた呪いもとけるでしょう』と。」

サラ妃《ひ》はやつれていたが、その顔には気品《きひん》と威厳《いげん》がそなわっていた。

「アッシャー王よ。あなたは腕輪を使うべきではありませんでした。けれどそのおかげで、わたしは呪いから解放《かいほう》されることができたのです。すべてはわたくしが生きかえりたい、王と一生《いっしょう》をともにしたいと望《のぞ》んだことがいけなかったのです。わが夫《おっと》、メンハラー王に罪《つみ》はありません。」

「サラ妃よ。愛《あい》するひとと生きたいと願《ねが》うのが罪でしょうか」と、アッシャー王がいった。「わたしは、愛するものの死をうけいれることはできません。わたしは王妃《おうひ》をつれかえり、ともに生きたいのです。」

「王よ。真《しん》の勇者《ゆうしゃ》は、耐《た》えがたいことにも耐えるものです。」

サラ妃《ひ》は、ファナたち三人に目をむけた。

「生きているものたちよ。あなたがたは一刻《いっこく》も早く、黄泉《よみ》の国から立ちさらねばなりません。さあ、ついてきてください。」

28
別《わか》れ

サラ妃《ひ》にしたがったファナたちは、砂漠《さばく》を進んだ。

ほどなく、門が見えた。そこはファナも見おぼえのある、劇場《げきじょう》と広場のある街《まち》だった。

「あたし、ここ知ってる！　ここからなら、帰り道がわかるわ。」

ファナは人形《にんぎょう》がいる広場を、足早にかけぬけた。峡谷《きょうこく》のせまい道をぬけると、そこにあったのは薔薇《ばら》の園《その》だった。

その紅《くれない》の色が、なんとあざやかだったことだろう！

生きかえるような思いで、ファナはふくいくたるかおりをすいこんだ。

「あの穴が、黄泉《よみ》の入口に通じているの。」

「たしかに」とセザもいった。「わたしも、あそこを抜《ぬ》けてきた。」

「生《せい》あるものは、すみやかに現世《げんせ》へお帰りなさい。わたくしは、ここから先へ行くことはできません。」

サラ妃《ひ》は、そういって立ちどまった。

「サラ妃さまは、黄泉《よみ》の国にとどまられるのですか？」

「黄泉の国は、なすべきことをしなかった死者の場所。蝶《ちょう》が案内《あんない》してくれれば、わたくしはアラリム＝カーの園《その》へ行くことができるでしょう。あの少年のように。」

すこしはなれたところを、ファナの弟くらいの少年が歩いていた。少年のすこし先を、白い蝶がひらひらと飛んでいる。

「あの子はまだ幼《おさな》いですが、現世で自分のなすべき仕事を終《お》えたのでしょう。そういうひとは、アラリム＝カーの園へ行くことができるのです。」

アッシャー王は、サラ妃に一礼《いちれい》した。

「お礼《れい》の言葉もありませんが、お別《わか》れでございます。王都《おうと》にもどり、あらためてサラ妃をたたえる式典《しきてん》をいたしましょう。ではロザリン、帰るぞ。」

（どうしよう。ロザリン妃《ひ》をつれかえっちゃだめだって、シバハーンにいわれたのに。）

セザのそでをひっぱると、セザもこまった顔をしている。

けれどふたりが止めに入る前に、ロザリン妃が、王の手をはなした。

「王よ。わたくしも、ここでお別《わか》れしなくてはなりません。」

「ロザリン、なにをもうす。」

ロザリン妃は、きぜんとして胸《むね》をそらした。

「サラ妃のお話を、きいていらっしゃらなかったのでございますか？　わたくしは王に、メンハラー王と同じあやまちを犯《おか》させるわけにはまいりません。アラリム＝カーは、死《し》者《しゃ》のよみがえりを禁《きん》じているのです。わたくしは、すでに死んだ身《み》。ごいっしょすることはかないません。」

「しかし。」

「あの少年を、ごらんくださいませ。」

ロザリン妃は、小さくなっていく少年のうしろ姿《すがた》に目をむけた。

「あの少年の家族は、どんなにかあの子を生きかえらせたいことでございましょう。そしてあの子も、どんなにか先の人生を楽しみたいことでしょう。どうしてわたくしだけが、特別《とくべつ》に生きかえることができましょうか。」

「なれどそなたは王妃《おうひ》ではないか。しかも、余《よ》の息子《むすこ》を身《み》ごもっておるのだぞ。メッシナ王国の世継《よつ》ぎを！」

ロザリン妃《ひ》は、アッシャー王の手をきつくにぎりしめた。

「ああ、あなた！　おまちがいにならないで。あの少年の命《いのち》も、わたくしたちの息子の命も、命の重さはおなじでございます。どうかお考えになって。わたくしを生きかえらせて、一年後にわたくしが病《やまい》で死んだら？　そして、もしも王子が幼《おさな》くして死んだらどうなさるのです？　愛《あい》するものが死ぬたびに、王は黄泉《よみ》の国へつれもどしにこられるのですか？　ひとはみな、愛するものをうしなう哀《かな》しみに耐《た》えていますのに。」

「それは……だがロザリン、余はそなたを愛しているのだ！　わたしをほんとうに愛してくれたのは、そなただけ。そなたをうしなえば、余はすべてをうしなう。」

「そのようなことはございません。王は、すばらしいお方《かた》。王を心から愛する女性《じょせい》は、わたくしのほかにもいらっしゃいます。いつかまた、かならず来世《らいせ》でお目にかかりましょう。」

ファナは、二羽の白い蝶《ちょう》が、踊《おど》るように飛《と》んでくるのを見た。蝶たちは、サラ妃《ひ》とロザリン妃の上を舞《ま》っている。

王も、それに気づいた。

「いつかまた、かならず。余《よ》は、そういわねばならぬのか？」

「はい。いつかまた、かならず。」

ロザリン妃は天使《てんし》のような笑《え》みをうかべた。

「王妃《おうひ》さま、お別《わか》れでございます。どうか天界《てんかい》よりすえながく、わが王国をお守りください。」

セザも声をつまらせる。「王を頼《たの》みます」というロザリン妃の姿《すがた》が、ファナには光りかがやいて見えた。

「あたし、王妃さまがどういうひとか知りませんでした。でも王妃さまは、ほんとうに王妃さまにふさわしい方です。」

「ありがとう。あなたも、お幸《しあわ》せに。」

蝶《ちょう》たちが先へと飛《と》んでいき、サラ妃《ひ》とロザリン妃は、そのあとを追《お》って去《さ》っていった。

ふたりの王妃《おうひ》の姿《すがた》が遠ざかると、王は、がくりとひざをついた。

「王さま！」

セザが助《たす》けおこすと、王はすでに意識《いしき》をうしなっていた。その顔から、みるみる血《ち》の気《け》がひいていく。

「いかん。いそがねば。」

セザは王をかかえて、洞窟《どうくつ》に入った。ファナも、いそいであとにつづく。けれどなかに入ったとたん、ファナは気が遠くなった。

「ファナ、目をさませ。目をさますのだ。」

遠くで、ひどくなつかしい声がした。

29

アッシャー王

目をあけると、シバハーンの顔が見えた。

「よし、よし。目をさましたな。」

ファナはまだ、もうろうとしていた。

「ここは黄泉《よみ》の入口だ。もう心配《しんぱい》することはない。」

シバハーンはそういって、ファナの頭をなでた。もしファナが自分の姿《すがた》を見ることができたら、変《か》わり果《は》てたようすにおどろいただろう。耳にかかる髪《かみ》の毛が白くなり、頬《ほお》の肉《にく》がげっそりとこけている。腕輪《うでわ》をつけずに黄泉の国へ行ったせいで、体力を使《つか》い果《は》たしてしまったのだ。

鍾乳洞《しょうにゅうどう》の天井《てんじょう》を見あげたファナは、かすれた声で「セザは？」ときいた。

「セザはここで眠《ねむ》りからさめた。三日前に目をさまして、止めるのもきかずに王宮《おうきゅう》に行きおったわい。王もぶじに生きかえられたかどうか、たしかめるといってな。おまえのことは、ひどく心配《しんぱい》していたが。」

（セザも、ぶじ。）

「おまえたちは夢《ゆめ》とき師《し》でもないのに、黄泉《よみ》の国から生きてもどってきたのだぞ。マグレブをしりぞけることができたのだ。わかっているか？」

シバハーンは薬酒《やくしゅ》をひたした布《ぬの》を、ファナのくちびるにあてた。

ファナはまた、とろとろと眠《ねむ》りにひきこまれた。


「だいぶよくなったな。セザから便《たよ》りがきたぞ。」

シバハーンはそういって、ファナの横にすわった。

「王も王宮《おうきゅう》で、目をさまされた。くさった左腕《ひだりうで》は切断《せつだん》するしかなかったが、一命《いちめい》はとりとめ、日増《ひま》しに回復《かいふく》されているそうだ。サイラス卿《きょう》は近衛騎士団《このえきしだん》にとらえられた。ニカヤを殺《ころ》した騎士《きし》たちとともに、反逆罪《はんぎゃくざい》で処刑《しょけい》されるだろう。」

「イソキナは？　イソキナはどうなったの？」

「それが妙《みょう》なのだ。イソキナの姿《すがた》はどこにもなく、部屋《へや》にはうら若《わか》い娘《むすめ》の遺体《いたい》があったそうだ。だいぶ前に死んだらしく、ひどいありさまだったそうなのだが。」

「それ、イソキナよ。」

ファナはシバハーンに、四《よ》つ辻《つじ》で見たことを話した。

「おまえをとりこもうとして、失敗《しっぱい》したのだな。鏡《かがみ》がくだけたので、鏡像《きょうぞう》にすぎなかったイソキナが消えたのだろう。」

「あたし、イソキナがかわいそうだわ。イソキナっていうより、ファナが。あんなふうにマグレブに誘惑《ゆうわく》されたら、その気になっちゃうわよ。」

「さ、それはどうかな。イソキナにも心のすきがあったのだ。おまえの家族にも、知らせをだしておいたぞ。ラルーサで病《やまい》にかかり、療養中《りょうようちゅう》だとな。」

シバハーンはひげをしごいた。

「マグレブも、今回はずいぶんとくやしい思いをしただろう。あやつはサラの腕輪《うでわ》をとりもどし、アッシャー王とロザリン妃を黄泉《よみ》の国につなぎとめるつもりだったのだ。ところが王は生還《せいかん》し、ロザリン妃とサラ妃はアラリム＝カーのもとへ旅立った。腕輪《うでわ》をとりもどすどころか、持っていた腕輪までうしなったわけだ。黄泉の国にまよいこんだセザとおまえは助《たす》かり、イソキナの野望《やぼう》は泡《あわ》と消えた。」

シバハーンは頭をふった。

「らくらくと成功《せいこう》を手にしたと思っていると、いきなり奈落《ならく》に落とされる。それが、マグレブにつかえるものの運命《うんめい》だ。」

何日かして、ファナははじめて外に出た。

世界《せかい》は、色と音にあふれていた。

ファナはしたたる朝露《あさつゆ》を羽虫《はむし》がすっているようすを、奇跡《きせき》のようにながめた。こんなにもめざめていると感じたのは、はじめてだ。

やがて旅ができるまで回復《かいふく》したファナは、シバハーンとともに王宮《おうきゅう》にまねかれた。

片腕《かたうで》をなくした王は、静《しず》かな目をしてふたりをむかえた。かたわらにはセザの姿《すがた》があった。

「セザから、すべてをきいた。ファナ、このたびはまことに大儀《たいぎ》であった。」

ファナはだまって、頭をさげた。

「なんなりと褒美《ほうび》をとらせよう。なにかほしいものはあるか?」

「タジ村に帰って、早く家族に会いたいです。」

「それはむろん、すぐにできるだろう。」

「あと、シバハーンを導師《どうし》にもどしてください。」

王はシバハーンに目をうつした。

「シバハーン、余《よ》をゆるしてくれるか。」

「王をゆるすなど、おそれおおいこと。」

ちっともおそれいらない口ぶりで、シバハーンはいった。

「導師には、余《よ》の夢《ゆめ》とき師《し》として王宮《おうきゅう》に入ってもらいたい。知ってのとおり、イソキナは姿《すがた》を消したのでな。」

「ひらにご容赦《ようしゃ》を。この老《お》いぼれに、そのような大役《たいやく》がつとまるとは思えませぬ。ただ、お役《やく》に立ちそうなものの心当《こころあ》たりはございます。」

「ほう。それは？」

「ウルガともうします。少々口がわるく、宮廷《きゅうてい》づとめには品位《ひんい》に欠《か》けるむきもありますが、腕《うで》はたしかです。どうか、そのものをおそばにお置《お》きくださるように。」

「では、そのようにいたそう。しかしシバハーン、導師《どうし》として、ふたたび夢《ゆめ》とき師《し》を教えることは、こばまぬようにな。」

（ウルガさんが、王さまの夢とき師になるんだ！）

王は遠い目になった。

「世継《よつ》ぎのない身《み》ゆえ、余《よ》はまた王妃《おうひ》をめとらねばならぬ。しかしロザリンは、かなたの園《その》で余を待《ま》っておる。ふたたび彼女《かのじょ》と会えるよう、余は王としてのつとめを果《は》たさねば。」

「まず民《たみ》のことを考えるのが、王者《おうじゃ》のつとめでありますれば。」

「心するとしよう。サラの腕輪《うでわ》は、ふたたびメンハラー王の墓《はか》にもどして封印《ふういん》した。右の腕輪はメンハラー王とともに、左の腕輪はサラ妃とともにあるであろう。」

謁見《えっけん》と会食《かいしょく》が終《お》わると、王都《おうと》の舟《ふな》つき場《ば》で船《ふね》が待《ま》っていた。ラルーサに帰るシバハーンと別《わか》れをおしんでいると、セザがやってきた。

「導師《どうし》、たいへんお世話《せわ》になりました。」

「わしはなにもしとらん。王をこの世《よ》にひきもどしたのは、おまえたちふたりだ。またラルーサにくる機会《きかい》があれば、いつでもよるがいい。みやげはなにがいいか、わかっておるな。」

セザはうなずいて、ファナにりりしい顔をむけた。

「タジ村で、たっしゃに暮《く》らせ。こまったことがあれば、いつでもいってくるがいい。これをわたしておこう。アスマール家の家紋《かもん》が入った指輪《ゆびわ》だ。」

セザは右手にはめていた金の指輪をはずし、ファナに手わたした。

「え？　こんな高いもの……。」

「では、いずれ会う日まで。」

そういって、セザは足早《あしばや》に去っていった。

「いずれっていったって、セザは近衛騎士《このえきし》じゃない。もう一生《いっしょう》、会えないかもしれない

のに。」

ファナは声をつまらせた。涙《なみだ》が、ぽたぽたと落ちてくる。

シバハーンは目をむいた。

「おまえとセザは、また会うに決まっとる。」

「どうして？」

「わからんのか？　おまえたちは黄泉《よみ》の入口で、おなじ夢《ゆめ》を見たのだぞ。運命《うんめい》で結《むす》ばれた相手《あいて》だけが、ラルーサでおなじ夢を見るのだ。」

ファナはようやく、そのことに気づいた。

「あたしが、セザの運命の相手だっていうの？　セザは近衛騎士《このえきし》で、あたしはだれでもないのに。」

「生きながら黄泉の国へ行ったくせに、なさけない声をだすな。おや？　なにをにやにやしておる？」

「にやにやなんか、してません！」

指輪《ゆびわ》はファナには大きかった。ファナは指輪をひもに通し、大切《たいせつ》に首からかけた。

川をくだる旅は、あっけないほど短かった。タジ村では家族がいまや遅《おそ》しと、ファナの帰りを待っていた。

ファナの家族は、元気なファナの姿を見てよろこんだ。それと同時に、ファナが出ていったときとちがう娘《むすめ》になったことも感じとった。王が高価《こうか》なみやげを持たせてくれただけでなく、ファナの顔から、無邪気《むじゃき》な子どもっぽさが消えていたからだ。

「ねえ、いったいなにがあったのさ？」

ベンはまぶしいものを見るように、ファナの顔をのぞきこんだ。

「王家《おうけ》にかかわることだから、ぜんぶは話せないのよ。でもねあたし、黄泉《よみ》の国に行ったの。」

「ファナのうそつき！　どうせ夢《ゆめ》の話だろ？」

「そう。夢の話だわ。」

ファナはなつかしいベッドに、もぐりこんだ。

(あたしはこの村で、なんて幸福《こうふく》だったんだろう。はなれてみてやっと、そのことがわかった。)

なにも変《か》わっていない。いや、変わったことはある。祖母の白いスカーフは燃《も》えてしまった。

(おばあちゃん、守ってくれてありがとう。アマンさんも、きっと見まもってくれていたんだ。明日《あす》は、丘《おか》の祠《ほこら》に花を持っていこう。)

30

アラリム＝カー

ファナは夢《ゆめ》のなかで、坂道《さかみち》を歩いていた。

瑠璃色《るりいろ》に光る、ラルーサの街《まち》。参道《さんどう》には、白いスカーフのひとびとが行きかっていた。

道ばたではひとりの老婆《ろうば》が、杖《つえ》にもたれている。

（このおばあさん、前にも見た。）

ファナはふと立ちどまって、老婆に目をむけた。

老婆は杖をついて、立ちあがった。たちまちその姿《すがた》は光を発《はっ》し、七色の蝶《ちょう》の羽が広がった。

（アラリム＝カー！）

ファナはふるえながら、ひれふした。アラリム＝カーの顔はあまりにもまぶしくて、まともに見ることができない。

「ファナ。こんどは、わたしに気づきましたね。」

深くやわらかい声が、ファナの頭にひびく。

「わたしは、すべてのひとの夢にあらわれるのですよ。ただし、たいがいのひとは、わたしに気づかないのです。」

「じゃあ、あたしもずっと、霊夢《れいむ》を見てたってことですか？」

「そう。でもわたしの声がひとの耳にとどくことは、めったにないのです。」

以前《いぜん》のファナなら、喜《よろこ》びに舞《ま》いあがっていたことだろう。けれどファナは、心がしんと静《しず》まるのを感じていた。

「あの、ひとつおききしてもいいですか。あたし、わからないんです。どうしてニカヤさんやロザリン妃《ひ》みたいないいひとが、殺《ころ》されなければならないんでしょう。」

アラリム＝カーの七色の羽が、ゆらめくように色を変《か》えた。

「ひとはみな自分の使命《しめい》を選《えら》んで、生まれてくるのです。ニカヤとロザリンは、楽《らく》で平《へい》坦《たん》な道を選《えら》びませんでした。苦《にが》い水を飲み、光をもたらす道を選んだのです。」

（じゃああたしは、どんな道を選《えら》んだんだろう。）

いつかどこかで、こんなふうにアラリム＝カーの前にひざまずいていた気がする。けれど記憶《きおく》をたぐろうとしても、それはできなかった。

アラリム＝カーが、おごそかに告《つ》げた。

「ファナ。ラルーサに行き、夢《ゆめ》とき師《し》になりなさい。」

ファナはそれが、かがやかしいだけの道ではないとわかっていた。これから先も、さまざまな困難《こんなん》が待《ま》ちうけているだろう。それでもファナは深《ふか》い歓《よろこ》びにつつまれて、その使命《しめい》をうけた。

作　小森香折
（こもりかおり）

東京都に生まれる。『ニコルの塔』でちゅうでん児童文学賞大賞、新美南吉児童文学賞を受賞。作品に「歴史探偵アン＆リック」シリーズ、『いつか蝶になる日まで』『レナとつる薔薇の館』『時知らずの庭』など、翻訳に『ぼくはきみのミスター』などがある。

装画　問七
（といなな）

オンラインゲームのキャラクターデザインをはじめ書籍の装画などでも活躍するイラストレーター。作品集に「問七作品集1017」がある。

本文挿絵　うぐいす祥子
（うぐいすさちこ）

漫画家。作品に『フロイトシュテインの双子』、ひよどり祥子名義の作品に『死人の声をきくがよい』など、装画を手がけた作品に「二ノ丸くんが調査中」シリーズがある。

偕成社
ノベルフリーク

夢とき師ファナ
黄泉の国の腕輪

2018年4月　初版第1刷

作者＝小森香折
画家＝問七・うぐいす祥子

発行者＝今村正樹
発行所＝株式会社 偕成社
http://www.kaiseisha.co.jp/
〒162-8450 東京都新宿区市谷砂土原町 3-5
TEL 03(3260)3221（販売）　03(3260)3229（編集）
印刷所＝中央精版印刷株式会社
　　　　小宮山印刷株式会社
製本所＝株式会社常川製本
NDC913 偕成社 230P. 19cm ISBN978-4-03-649070-7

本のご注文は電話、ファックス、またはEメールでお受けしています。
Tel: 03-3260-3221　Fax: 03-3260-3222　e-mail: sales @ kaiseisha.co.jp
乱丁本・落丁本はお取りかえいたします。